斜阳

〔日〕太宰治 著

杨伟 译

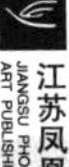

江苏凤凰文艺出版社
JIANGSU PHOENIX LITERATURE AND ART PUBLISHING, LTD

图书在版编目（CIP）数据

斜阳 /（日）太宰治著 ; 杨伟译 . — 南京 : 江苏凤凰文艺出版社，2020.7（2023.7 重印）
ISBN 978-7-5594-4916-0

Ⅰ. ①斜… Ⅱ. ①太… ②杨… Ⅲ. ①长篇小说 – 日本 – 现代 Ⅳ. ①I313.45

中国版本图书馆 CIP 数据核字（2020）第 086019 号

斜阳

[日] 太宰治 著　　杨伟 译

责任编辑	白　涵
选题策划	麦书房文化
装帧设计	付诗意
责任印制	冯宏霞
出版发行	江苏凤凰文艺出版社
	南京市中央路 165 号，邮编：210009
网　　址	http://www.jswenyi.com
印　　刷	北京中科印刷有限公司
开　　本	880 毫米 ×1230 毫米　1/32
印　　张	5.25
字　　数	98 千字
版　　次	2020 年 7 月第 1 版　2023 年 7 月第 7 次印刷
书　　号	ISBN 978-7-5594-4916-0
定　　价	32.00 元

太宰治

根据新潮社文库本 1983 年 5 月版翻译

目 录

一

早晨，母亲在饭厅里轻啜了一小匙汤，随即发出了啊的一声轻叫。

“有头发？”

我猜测，是不是汤里混入了什么讨厌的东西。

“不是。”

母亲若无其事地又把一小匙汤送进嘴里，镇静地扭过头去，把视线投向厨房外绽放的山樱。她就那样侧着脸，又将一匙汤轻巧地送入了小小的双唇间。其实，把“轻巧”这个形容词用在母亲身上，是绝不显得夸张的。说来，她的用餐动作与妇女杂志上介绍的那一套其实大相径庭。曾几何时，弟弟直治就边喝着酒，边跟我这个姐姐这样说：“人并不因为拥有爵位，就可以称之为贵族。有些人即便没有爵位，却是天赐爵位的真正贵族。当然，也有像我这样的人，尽管有爵位，却压根就不是贵族，不如说更接近于贱民吧。比如岩岛（直治举出了他一个伯爵同学的名字作为例子），像他那种家伙，不是比新宿妓院里的皮条客掌柜还要卑鄙下流吗？前一阵子，在柳井（弟弟又举出了学友中另一个子爵次子的名字）的哥哥举行婚礼时，那畜生穿着一身燕尾服就来了，还声称这种场合就得穿燕尾服。仅此倒也罢了，不料席间致辞时，那混蛋说起话来还故意半文不白的，让人大倒胃口。其实，矫揉造作跟高雅的品位根本就风马牛不相及，无非虚张声势而已。在本乡一带，尽管写着‘高级旅舍’的店牌随处可见，可事实上，所谓的华族大部分都跟高等乞丐相差无几。真正的贵族才不会像岩岛那样拙劣地装模作样呢。即便在我们这一族里，也只有母亲才算得上真正的贵族吧。那可是货真价实的贵族，让人自叹不如。”

就说喝汤的方式吧，我们大都是把身体微俯在盘子上，横握着匙子把汤舀起来，然后保持那种姿势把匙子送到嘴边。可母亲却不同，她把左手指轻搭在桌缘上，也不躬下身体，而是仰着头，眼睛也不看盘子，就那样横握着匙子一下子把汤舀起来，然后将匙子正对着嘴，让汤从匙尖流入双唇之间。她的动作是那么轻盈灵活，让我忍不住想用“轻巧如燕”来加以形容。她一边漫不经心地环顾着四周，一边像挥动着小小羽翼似的轻轻操控着匙子，从不会洒落一滴汤汁，也不会发出啜吸汤汁或者碰响汤盘的声音。她的用餐方式或许不符合所谓的正式礼仪，但在我眼里，显得煞是可爱，觉得这才是真正的礼节。而且事实上，喝汤的时候，舒缓地挺直上半身，从匙子尖儿把汤倒进嘴里，与低着头从匙子一侧喝过去相比，味道要好得多，简直让人难以置信。不过，我属于直治所说的那种高等乞丐，所以不可能像母亲那样轻巧而随意地摆弄匙子，无奈只好打消那种念头，在汤盘前俯着身子，按照所谓的正式礼节无趣地喝完汤了事。

不只是喝汤，母亲的用餐方式也与礼法迥然不同。一旦有肉端上餐桌，她就会用刀叉很快地全部切成小块，然后放下刀子，换成右手拿起叉子，把肉一块块戳起来，满脸悦色地细细品尝。而一旦遇到带骨的鸡肉，当我们还在为怎样不碰响盘子，就能从骨头上切下鸡肉而绞尽脑汁时，母亲已一脸平静地用指尖拈起骨头，用嘴把肉和骨头咬开，若无其事地吃了起来。就连这种粗鲁的吃法，只要是发生在母亲身上，那就岂止是可爱，甚至透着一种奇妙的性感。所以，真正的贵族果然是不同凡响。不光是吃带骨鸡肉的时候，就连吃中午便餐的火腿和红肠，她时而也会随手抓起来便吃。

“知道为什么饭团会这么美味吗？它可是人用手指捏着做的

啊。”母亲还说过这样的话。

我有时也忍不住想，也许用手抓着吃，真的很美味吧。可又不禁觉得，像我这样的高等乞丐，如果硬要去东施效颦，没准就真的变成了名副其实的乞丐，所以就忍着没有去仿效。

连弟弟直治也常常嘀咕，在母亲面前只有甘拜下风。而我也着实感到，要模仿母亲是很困难的，有时甚至会从中感到一种绝望。记得那是初秋一个皓月当空的夜晚，在西片町家中靠里的庭院里，我和母亲坐在池边的亭子里赏月，谈笑风生地聊着狐狸和老鼠出嫁时的嫁妆有什么不同。这时，母亲冷不丁站起身来，走进亭子边茂密的胡枝子丛深处，随后从胡枝子的白花中露出比白花还要白皙鲜亮的脸庞，微笑着说："和子，你猜猜看，妈妈这是在干什么？"

"在摘花。"

我一说完，不料母亲轻声笑着，说道："在小便呢。"

她压根就没有蹲下身子，这让我不由得大吃一惊，但由衷地觉得可爱有加，让我等之辈根本就模仿不来。

虽然从今早喝汤的话题扯远了，但我最近的确在一本书上读到过这样的逸话，说路易王朝时期的贵妇人们都会一脸坦然地在宫殿庭院或者走廊角隅里小便。在我眼里，这种漫不经心的天真劲儿的确是很可爱的，我甚至想，母亲也许就是最后一位真正的贵妇人了吧。

话说回来，今天早晨，她轻啜了一匙汤后，发出了啊的一声轻叫。当我问她是不是汤里混入了头发时，她也只回答说不是。

今早的汤，是我把最近配给[1]的美国罐头青豆捣碎过筛后做的浓汤。我原本就对自己的烹调技术缺乏自信，所以就算听到母亲说“不是”，还是惴惴不安地追问了一句：“那是太咸了？”

“不，做得挺好的。”母亲一脸严肃地说道。

喝完汤，她又用手抓起紫菜饭团，吃了一口。

打小时候起，我就觉得早餐索然无味，不到十点左右，肚子是不会有饥饿感的。今天也一样，汤是好歹喝下去了，却不想吃饭，只顾着把饭团放在盘子里用筷子戳得七零八落，然后再用筷子夹起其中一块，就像母亲喝汤时摆弄匙子那样，用筷子尖儿正对着嘴巴，如同喂鸟一样，放进嘴里细嚼慢咽。不等我吃完，母亲早已吃好饭，静静地起身离席，背倚在朝阳照射着的墙上，好一阵子都一声不响地看着我吃。

“和子，这怎么行呢？你必须得学会享受早餐的美味。”母亲说道。

“妈妈，您呢？觉得好吃吗？”

“那还有什么可说的。我又不是病人。”

“和子我——也不是病人呢。”

〈1〉 日本曾在二战期间和战后的一段时期因物资匮乏而采取了配给制度。

一

“不行不行！”

母亲有些凄切地笑着，摇了摇头。

五年前，我曾因患上肺病卧床不起。我知道，那不啻一种富贵病。可母亲不久前染上的那病，才更让人担惊受怕呢。但母亲只惦记着我的病。

“啊！”我叫了一声。

“怎么啦？”母亲问道。

我和母亲四目相对，彼此有种心领神会的感觉。我刚会心一笑，母亲也露出了微笑。

当被某种难以忍受的羞愧记忆所裹挟时，那种“啊”的奇妙轻叫就会迸出喉咙。因为我的脑海里清晰地浮现出六年前离婚时的情景，所以不由自主地发出了“啊”的叫声。可母亲又是为什么呢？母亲绝不可能有像我那种令人羞愧的过去吧？不，抑或因为其他什么原因……

“母亲，您刚才不会是想到什么了吧？会是什么事呢？”

“我忘了。”

“是我的事吗？”

“不是的。”

“那是直治的事？”

“嗯——”话音未落，她就又摇摇头说，“或许吧。”

弟弟直治在大学期间被迫应征入伍，去了南方的岛屿，从此杳无音讯，直到战争结束后依旧下落不明。母亲说，她已做好再也见不到直治的心理准备。可我却从不这样想，反倒觉得肯定能与直治重逢的。

“原以为早就不抱希望了，谁知一喝到美味的汤，便想起了直治，顿时难受得不得了，后悔当初没有对直治再好点。”

直治从上高中起，就整天沉溺于文学，每天过得就跟不良少年没什么两样，不知道让母亲操碎了多少心。尽管如此，母亲还是喝一口汤就会想到直治，情不自禁地发出“啊”的轻叫。想到这里，我把米饭硬塞进嘴里，眼眶一阵发热。

“没事的。直治会没事的。像直治那样的无赖，肯定是死不了的。要死的话，也肯定是那种又温顺又漂亮，还很善良的人。要知道，直治那号人，就是用棒子打也打不死的。”

母亲笑了，揶揄我道：“这样说来，和子就属于早死的那类人了？”

“哎，为什么？我呀，可是个长着大锛儿头的无赖呢。所以，保管活到八十岁。”

“是吗？如果是那样，妈妈我就能活到九十岁吧。”

“嗯。”

我刚一开口，马上就觉得怪矛盾的。无赖汉能长寿，漂亮的人却短命。母亲分明是个大美人，但我祈望她能长命百岁。想到这里，我有点不知所措了。

一

“您真会使坏！”

刚一说完，我的下唇就不由得直打哆嗦，眼泪也夺眶而出。

还是来说说蛇的事吧。四五天前的下午，附近的孩子们从庭院篱笆的竹林丛中掏出了十来个蛇蛋。

孩子们都坚称，这是蝮蛇蛋。

我琢磨着，要是竹林丛中孵出了十条蝮蛇，那就不能贸然下到庭院里去了，于是说：“那就烧掉吧。”

听我这么一说，孩子们也高兴得跳了起来，屁颠颠地跟在我身后。

我在竹林丛附近垒起树叶和木柴，点上火，把蛇蛋一个个扔进火中。可蛇蛋再怎么也着不了火。孩子们又往火堆里添了一些树叶和小树枝，让火苗燃得更旺。即便如此，蛇蛋还是燃不起来。

坡下的一个农家姑娘从篱笆外面笑着，问道：“你们在干吗？”

“在烧蛇蛋呢。要是孵出了蝮蛇，可就吓人了。”

“蛋有多大呢？”

“跟鹌鹑蛋差不多大，雪白雪白的。”

“如果是那样，也就是普通的蛇蛋，而不会是蝮蛇蛋吧。说来，生蛋是很不容易燃起来的。”

姑娘似乎觉得很滑稽，笑着走开了。

烧了三十分钟左右，蛇蛋怎么也燃不起来，于是我让孩子们把蛇蛋从火堆中拣出来，埋在了梅树下。我找来一些小石头堆了个墓标。

“来吧，大伙儿来拜一拜吧。”

我蹲下来合掌祭拜，孩子们也顺从地蹲在我身后合起掌来。和孩子们分手后，我独自一人沿着石梯爬了上去。母亲站在石梯上的藤架下，说道：“你呀，还真是个下得了狠手的人呢。”

“我以为是蝮蛇，结果却是普通的蛇。不过，我已经把它们好好安葬了，所以没事了。”

我虽然嘴上这么说，但心里直犯嘀咕：这下闯祸了，竟然给母亲看见了。

尽管母亲绝对不是个迷信的人，但自从十年前，父亲在西片町的家中去世之后，她就害怕蛇了。父亲临终前，母亲看见父亲枕边有一条黑色的细带子，于是不经意地伸手捡起来一看，却发现是一条蛇。那条蛇落荒而逃，溜到了走廊上，最后竟不知去向。亲眼见到这情景的，就只有母亲与和田舅舅两个人。据说，他们俩面面相觑，但为了不在父亲临终的床前引发骚动，就强忍着没有吭声。尽管我们当时也在场，却对蛇的事一无所知。

不过，就在父亲去世的那天傍晚，庭院池边的所有树上都爬满了蛇。这是我也亲眼看见和知晓的事实。如今我已是二十九岁的老太婆了，十年前父亲去世时，我也有十九岁，早已不再是孩子了，所以，即使时隔十年之后，当时的记忆仍旧栩栩如生，绝不会有差错。当时，我想剪一些供奉的花，便朝院子的水池走去，在池边的杜鹃花旁停下脚步一看，发现杜鹃花的枝梢上盘着一条小蛇。我有些吃惊，便转身去折另一棵棠棣花的花枝，不料那花枝上也缠着一条小蛇。接着发现，旁边的银桂树、小枫树、金雀花、紫藤和樱树，所有的树上全都盘着蛇。虽说如此，我却并不觉得有多么可怕，只是有一种感觉，仿佛蛇也与我一样，在为父亲的溘然长逝而黯然伤悲，所以才从洞穴里爬出来祭拜父亲的亡灵吧。随即我把庭院里见到蛇的事悄悄告诉了母亲，她听到后显得很从容镇定，只是稍微歪着头，一副若有所思的表情，但什么也没说。

然而，事实上，这两件与蛇有关的事，却从此引发了母亲对蛇的厌恶。与其说是厌恶蛇，不如说是敬畏蛇。换言之，就是对蛇抱着一种畏惧之情。

烧蛇蛋被母亲看见了，想必母亲一定从中感受到了某种不祥的东西吧。想到这里，我也突然觉得，烧蛇蛋是一件非常可怕的事情，以至于打心底里担心，这事会不会给母亲带来什么厄运。直到第二天、第三天，我都一直耿耿于怀。今天早晨，我又在饭厅里一不留神说漏了嘴，胡诌什么美人命短等毫无根据的胡话，然后又没法做到自圆其说，急得都哭了起来。早餐后，我收拾餐桌时，总觉得胸膛里潜入了一条会缩短母亲寿命的小蛇，令人毛骨悚然，讨厌得不得了。

而且就是那天，我在庭院里看见了蛇。那天风和日丽，我拾掇好厨房的东西后，打算把藤椅搬到庭院的草坪上，坐在那里织毛线。当我拿着藤椅下到庭院里时，竟然在庭院石头旁的细竹中看到了蛇。哇，真讨厌！我只是闪过了这个念头，也没有深究，便拿着藤椅又回到套廊上，坐在那儿织起了毛线。到了下午，我打算去庭院一角的佛堂，从里面的藏书中翻出洛朗桑〈1〉的画册来看看。谁知一下到庭院里，又看见一条蛇在草坪上慢条斯理地爬行着。和早晨的是同一条蛇。一条细长而优雅的蛇。我估摸着，这是条“女蛇”。“她”静静地穿过草坪，爬到野蔷薇的阴凉处，停下来仰起头，晃动着“她”那细如火焰般的信子。“她”似乎在打量着四周，不一会儿又耷拉下脑袋，无精打采地蜷缩起身子。当时，我只是强烈地感觉到那条蛇很美。当我到佛堂里找出画册回来时，悄悄瞅了瞅刚才有蛇待过的地方，发现蛇已经不见了踪影。

邻近傍晚时，我和母亲在中式房间里一边饮茶，一边看了看庭院。这时，今天早晨的那条蛇又悠然地出现在石梯的第三级上。

母亲也看到了那条蛇，问道：“那条蛇是……”

话音刚落，母亲便站了起来，跑到我身边，抓住我的手呆立着，一动也不动。听母亲这么一说，我也霍地反应过来，脱口而

〈1〉 指玛丽·洛朗桑（1885—1956），
20 世纪法国立体派画家，
因以优雅和谐的颜色刻画年轻妇女和儿童而著称。

一

出道：“蛇蛋的母亲？”

“是的，是的呢。”

母亲的嗓音有些沙哑。

我们手牵着手，屏住呼吸，默默地盯着那条蛇。蛇懒洋洋地蜷缩在石头上，又开始晃晃悠悠地动弹起来，像是有气无力地横穿过石梯，朝着燕子花那边匍匐而去。

“从早晨起，就一直在院子里爬来爬去的。”我小声嘟哝道。

母亲叹了口气，瘫软地坐到椅子上，嗓音低沉地说：“是吧？是在找蛇蛋呢。真可怜呀。”

我无奈地嘿嘿笑了。

夕阳照在母亲的脸上。她的眼睛看起来就像是散发着蓝幽幽的光，微带愠色的脸庞美得让人恨不得扑将上去。我忽然发现，母亲的面容与刚才那条可悲的蛇在某些地方很有些相似。而且不知道为什么，我总觉得那条驻扎在我胸中像蝮蛇般晃来荡去的丑八怪蛇，迟早会将这条忧伤而美丽的母蛇一口吞噬。

我把手搭在母亲柔软而纤细的肩膀上，不明缘由地扭动了一下身体。

我们舍弃位于东京西片町的家，搬到伊豆这个有些中式风格的山庄来，是在日本无条件投降那一年的十二月初。自从父亲过世后，我们家的收支一直是由和田舅舅来全权打理的。他是母亲的弟弟，也是母亲如今唯一的亲人。不料战争结束后世道大变，和田舅舅好像已跟母亲摆明了说，眼下已经不行了，只有把房子卖掉了。他还建议说，索性把女佣也辞退了，就母女俩去乡下买个漂亮的小房子，自由随性地过日子为好。在金钱方面，母亲可是一窍不通，连小孩子都不如，听和田舅舅那么一说，便拜托舅舅来费心操办了。

十一月末，舅舅寄了一封快信过来。信上说，河田子爵在骏豆铁路沿线有一栋别墅要出售。房子建在高坡上，视线很好，还附带有一百坪[1]左右的田地。而且那一带还是梅花的胜地，冬暖夏凉，一旦住下来，想必你们肯定会中意的。所以我认为，有必要直接与对方见面洽谈，总之，就麻烦你明天到我银座的事务所来一趟吧。

“妈妈，您去吗？”我问。

“那还用说，明明是我拜托你舅舅的呀。”母亲不胜落寞地笑着说道。

第二天，母亲在原来的司机松山的陪同下，过了中午就出发了。直到晚上八点左右，她才在松山的护送下回家来。

“已经定了。”

母亲走进我房间，把手拄在我桌子上，就那样瘫坐下来，说

〈1〉 坪：日本土地计量单位，一坪等于 3.306 平方米。

了那么一句。

“您说已经定了，是指的什么呀？”

“所有的一切。”

“可是，”我不禁大吃一惊，“都还没来得及去看，那房子到底什么样……”

母亲将一只胳膊拄在桌子上，用手轻捂着额头，小声叹了口气说：“既然和田舅舅都说了，那地方不错，所以我觉得，就算是这样闭着眼睛搬到那里去也行啊。”说着，她仰起脸来微微一笑。那张脸有些憔悴，但是很美。

“是啊。”我被母亲对和田舅舅那种美好的信赖感所折服，不由得随声附和道，“那么，和子我也把眼睛闭起来好了。”

两个人高声笑了。但笑完之后，被一种非同寻常的凄凉感攫住了。

从那天开始，每天都有搬运工来家里捆装打包，准备搬家。和田舅舅也来了，安排我们把该卖的东西全都卖了。我和女佣阿君两人里里外外忙个不停，又是整理衣服，又是在院子里焚烧破烂。母亲既不帮着收拾衣物，也不做任何吩咐，每天都独自待在房间里磨磨蹭蹭的。

“怎么啦？是改变主意，不想去伊豆了吗？”我狠下心来，语气生硬地问。

“不是的。”母亲心不在焉地回答道。

过了十天左右，一切都收拾停当了。傍晚，我和阿君在院子里焚烧纸屑和麦秆时，母亲也走出房间，伫立在套廊上，默默地看着我们烧火。一阵阴冷的西风刮来，烟紧贴着地面轻轻掠起。我无意中抬头看了看母亲，只见她的脸色从未有过的苍白，让我大为惊讶。

“妈妈！瞧您的脸色有多难看！”

听我这么一叫，母亲淡然地笑了。

“没什么呢。”说完，母亲又悄悄地折回房间去了。

那天夜里，因为被褥都已经打包好了，所以阿君睡到了二楼西式房间的沙发上，而我和母亲则睡在母亲的房间里，用的是从邻居家借来的被褥。

“因为有和子，因为有和子陪着我，我才肯去伊豆的。多亏有和子跟我在一起。”

母亲说的这番话让我备感意外。她的声音显得苍老而虚弱，令人难以置信。

我感到一阵愕然，不由得问道：“要是和子我不在了呢？”

母亲突然哭了起来，断断续续地说道：“那还不如死了的好。妈妈我也想死在这里，死在你爸爸去世的这个家里呢。”

说着，她哭得更厉害了。

此前，母亲从未在我面前说过这样的泄气话，我也从不曾看见她哭得如此厉害。不论是父亲去世时，还是我出嫁时，也不论

一

是我带着身孕回到娘家来时，还是我在医院生下夭折的婴儿时，也不论是我卧病不起时，还是直治干了坏事时，母亲都从没有表现得如此软弱。父亲去世后的这十年，母亲与父亲在世的时候毫无变化，一直都是那个乐观而慈祥的母亲。于是，我们也就忘乎所以是在娇生惯养中长大的。不过，母亲现在已经没钱了。都是为了我们，为了我和直治，毫不吝惜地把钱全部用光了，以至于不得不离开这长年居住的家，和我搬到伊豆的小山庄去相依为命，开始凄寂的生活。倘若母亲心眼不那么好，更加吝啬和小气，动辄斥责我们，想着法子偷偷给自己攒钱的话，那么，不管世道如何改变，也绝不会萌生想死的念头吧。有生以来，我第一次发现没有钱是多么可怕、悲惨而又无可救药的地狱呀。想到这里，我百感交集，因过于痛苦而欲哭不能。所谓人生的严酷，不就是指此时的感受吗？我感到身体难以动弹，只能像石头一般静静地仰躺着。

第二天，母亲的脸色同样很苍白，依旧在那里磨磨叽叽地干着什么，恍如想尽量在这个家里多待一会儿似的。但和田舅舅来了，吩咐说，行李已大致发送完毕，今天就出发去伊豆吧。母亲很不情愿地穿上外套，一声不吭地跟前来道别的阿君点过头，就与和田舅舅还有我三个人走出了西片町的家。

火车上乘客不算多，三个人都找到了座位。在车厢里，舅舅心情大好，甚至哼起了歌谣。但母亲脸色苍白，一直低头不语，似乎很怕冷的样子。在三岛换乘骏豆铁路，坐到伊豆长冈下车，然后又坐了十五分钟左右的巴士。下车后，我们顺着一道缓坡朝山上爬去，只见一个小小的村落映入了眼帘。而在那村落的尽头有一栋风格别致的中式山庄。

"妈妈，这地方比想象的要好呢。"我气喘吁吁地说。

"是啊。"站在山庄的门口，有一瞬间，母亲的眼睛里也露出了高兴的神色。

"首先是空气好。是啊，多清新的空气啊。"舅舅得意地说道。

"真的，"母亲微笑着说道，"好鲜美。这里的空气好鲜美。"

于是，三个人都笑了。

走进玄关一看，东京寄来的行李已经送到了，从玄关到屋子到处都堆得满满的。

"再说，从客厅望出去的景色也很美。"

舅舅兴奋地把我们拽到客厅里，让我们坐下。

正值下午三点左右，冬日的阳光温柔地照射在庭院的草坪上。从草坪沿着石梯一直走到尽头，有一个小小的水池，周围种着很多梅树。庭院下边延展着一大片蜜橘地，那儿有一条村道，对面是水田，再对面有一片松林，松林的远处可以看见大海。这样坐在客厅里望出去，大海的水平线就在恰好和我胸部同水平线处延伸。

"这风景真是祥和啊。"母亲懒洋洋地说道。

一

“都是托空气的福吧。阳光和东京也大不一样呢。光线就像被用丝绸过滤了似的。”我兴奋地说道。

山庄的房间有十铺席和六铺席各一间，还有一个中式客厅，厅门和浴室旁各带一个三铺席的小房间。然后有饭厅和厨房，二楼还有一间放着大床的西式客房。尽管房间数量不多，但如果是我和母亲两个人，不，就算直治回来了，三个人居住，也绝不会显得局促的。

舅舅到村里唯一的一家旅店去订了餐，没多久，旅店就送来了盒饭。他在客厅里打开盒饭，喝起他自带的威士忌酒，谈起他和这个山庄的前主人河田子爵一起到中国游玩时的失败经历，显得兴趣盎然。而母亲则只是稍微动了动筷子。不久，周围的天色暗了下来。母亲小声说了一句：“让我就这样躺一会儿吧。”

我从行李中拿出被褥铺好，让母亲躺了下来。不知为什么，我总感到心里怪不踏实的，就从包裹中找出体温计给她测了测体温，结果显示有 39 度。

舅舅似乎也吃了一惊，于是到下面的村子里去找医生了。

“妈妈！”

哪怕我拼命呼唤，母亲也一直处于迷迷糊糊的状态。

我攥紧了母亲的那双小手，抽抽搭搭地哭了起来。总觉得母亲好可怜好可怜，不，是我们俩好可怜好可怜，于是哭个没完没了。我边哭边想，还不如真的就这样和母亲一起死掉算了。我们已不需要任何东西。我想，在离开西片町的家时，我们的人生便已经戛然结束了。

大约过了两个小时，舅舅带着村子里的大夫回来了。村里的大夫貌似已上了年纪，穿着仙台产的丝织裙裤，脚上套着白色的短布袜。

诊断完毕后，大夫说道："有可能发展成肺炎的。不过，就算得了肺炎，也用不着担心。"

他抛下这不靠谱的话，给母亲打了一针后就回去了。

到了第二天，母亲依旧高烧未退。和田舅舅递给我两千日元，说万一到时候需要住院的话，就给东京打电报。说完，当天他就起身先回东京了。

我从行李中拿出最低限度所需要的炊具，熬了点粥劝母亲吃。母亲躺着吃了三匙后，便摇头不吃了。

接近中午的时候，下面村子里的大夫又来了。他这次没有穿裙裤，但还是套着白色的短布袜。

"或许还是住院比较……"我提议道。

"不，才没那个必要呢。今天我给她打一支强效针，估计就会退烧的吧。"

依旧是那种不太靠谱的回答。注射了所谓的强效针之后，他就回去了。

大概是那支强效针发挥了奇效吧，当天下午，母亲的脸色变

一

得通红，还出了很多汗。在换睡衣时，母亲笑着说道："或许是位名医哪。"

高烧退到了 37 度。我兴奋地跑到村里唯一的旅店，央求老板娘卖给了我十个鸡蛋，立马煮成半熟端到母亲面前。母亲吃了三个蛋，还喝了半碗粥。

第二天，村里的那位名医又穿着白色的短布袜来了。当我对他昨天的强效针表示感谢时，他使劲点了点头，一副当然会有效的表情。认真地诊察一番后，他转身对我说道："令堂大人已经痊愈了。所以从现在开始，无论吃什么，无论做什么，都没有大碍了。"

他的说话方式依旧有些古怪，我很想笑，但费了九牛二虎之力才终于忍住。

把大夫送到门口，再折回客厅一看，母亲已坐了起来。

"真的是名医呢。我已经没病了。"

母亲一副很高兴的表情，像是在发呆似的自语道。

"妈妈，我把拉窗打开吧。外面在下雪呢。"

花瓣般的鹅毛大雪正轻轻飏飏地飘洒下来。我打开拉窗，和母亲并排坐着，透过玻璃眺望着伊豆的雪景。

"我已经没病了。"母亲又开始自言自语似的说道，"这样坐着，觉得过去的事恍若一场梦。其实，在真的临近搬家时，我是那么厌恶，怎么也不愿到伊豆来。哪怕一天半日也好，就想在西片町的家里多待上一会儿。坐上火车时，我觉得自己好像已经半死了。到了这里后也一样，最初还有一丁点兴奋，但天色一暗，就开始想念东京了，想念得忧心如焚，几乎失去了知觉。这可不是普通的疾病。这是神在一度杀死我之后，又把我变成不同于昨天的另一个我来重获新生。”

那之后直到今天，我和母亲俩相依为命的山庄生活还算是平安无事。村里的人对我们也很和善。搬到这里来，是在去年的十二月，在经过了一月、二月、三月，再到四月的今天，我们除了做饭，大都是在套廊上织毛线，或者在中式房间里读书品茶，几乎过着与世隔绝的日子。二月里梅花盛开了，整个村子都淹没在梅花中。就算到了三月，因为这里大都是风和日丽的日子，所以盛开的梅花也毫无衰败之势，一直绽放到了三月末。不管是早晨和白天，还是黄昏和夜晚，梅花都尽显美丽，让人叹为观止。而只要打开走廊的玻璃窗，无论什么时候，都有馥郁的花香一股脑儿流泻进房间。三月底时，一到黄昏就风儿乍起。我在傍晚的饭厅里摆放碗筷时，常常有梅花瓣从窗户随风飘进，落在碗里被打湿。到了四月，我和母亲在套廊上编织毛线，话题大都说的是种田计划。母亲说她也想帮着种地。啊，照这么写下来，或许我们真的就像母亲说的那样，在死过一次后，又脱胎换骨成另一个不同的人获得了新生。不过，人要想像耶稣那样复活，终究是不可能的吧。尽管母亲是说过那样的话，但一喝汤还是照样会想起

一

直治，并发出“啊”的轻叫。而我过去的伤痕，也其实一点都没有抚平。

啊，我真想毫不掩饰地将一切公之于世。有时我甚至暗自地想，这山庄的安宁和惬意无一不是一种假象和伪装。即便说这是神赐予我们母女俩的短暂休憩，但我总觉得，在这平和安宁中已经有某种不祥的暗影正步步逼近。虽然母亲每天都佯装幸福的样子，但显然在一天天地衰弱。而有一条蝮蛇已寄宿在我心中，不惜牺牲母亲来养肥自己，即使我拼命地遏制它，它还是在不断地增肥长膘。啊，但愿这只是季节作祟的结果。最近，我时常感到这种生活已难以忍受。干出烧蛇蛋这种低劣的行径，也一定是我那种焦虑情绪的体现。最终只是平添了母亲的悲伤，加剧了母亲的衰弱。

“恋”——刚一写到这个字，我就再也写不下去了。

二

蛇蛋事件后大约过了十天，又发生了一起不祥的事件。这越发加深了母亲的悲恸，侵蚀了她的生命。

我险些就引发了一场火灾。

引发火灾——从小到现在，我做梦都不曾想到过，自己一生中会遭遇如此可怕的事情。

不小心处理火，就会发生火灾——难道我真的就是个所谓的大小姐，竟然对如此显而易见的道理也毫无察觉?

半夜，我起来上厕所，走到玄关的屏风旁时，发现浴室那边很亮。无意中看过去，只见浴室的玻璃被映照得一片通红，传来了一阵噼噼啪啪的响声。我小跑着赶过去推开浴室的小门，打着赤脚来到了外面。原来是堆在洗澡炉灶旁的柴垛正火势凶猛地燃烧着。

我迅速跑到与庭院相连的下面一户农家那里，使劲地敲门，叫喊道："中井先生，请快点起来，着火啦！"

中井先生好像已经睡下了，但还是应声道："好的，我这就来。"

"拜托了，拜托您再快点！"当我还在这样央求时，他已穿着睡觉的浴衣从屋子里飞奔了出来。

我们俩跑到着火的地方，用铁桶把池里的水打起来救火。这时，我听见从客厅走廊上传来母亲"哎哟"的叫声。我扔掉铁桶跑到走廊上，连忙抱紧差点倒下的母亲，说道："妈妈，别担心，不要紧的。您只管去休息吧。"

扶着她躺回床上后，我立马又奔回失火的地方。这次我是从浴盆中打水递给中井先生，由他接过去泼到柴垛上。但因为火势太大，这样子根本就灭不了。

"失火啦！失火啦！山庄失火啦！"

下面传来了这样的叫声。倏然间，有四五个村民推倒篱笆跳了进来。他们像接力赛那样用铁桶把篱笆下方的蓄水传递上来，只用两三分钟就把火扑灭了。好险，大火差一点就要蔓延到浴室的屋顶上了。

太好了。就在我暗自庆幸的瞬间，突然意识到了这场火灾的起因，不禁大惊失色。说真的，到这时我才意识到，傍晚我将浴室炉灶中烧剩的柴火抽出来时，以为火已经灭了，就把它放到了柴垛边，所以引起了这场火灾。意识到这一点，我真想号啕大哭，就那样呆立着。这时，我听见前面西山先生家的媳妇在篱笆外面大声说：“浴室都烧光了，还不是因为不小心炉火造成的。”

村长藤田先生、巡查二宫和警防团长大内先生等人，也都一下子来了。藤田先生跟往常一样面带笑容，和蔼地问道：“吓坏了吧？怎么回事啊？”

“都怪我不好。我把以为灭了的柴火……”

刚一开口，就觉得自己太惨烈了，顿时眼泪簌簌而下。我低下头，陷入了缄默中。当时我以为，说不定会被警察带去兴师问罪的。瞧，自己只穿着睡衣，光着脚丫　　我为自己这副惊慌失措的狼狈模样感到羞愧难当，发现自己原来是那么的落魄。

“明白了。你母亲呢？”藤田先生平静地说道，一副像是在安慰我的口吻。

“我让她在客厅里休息呢。这次她受的惊吓可不小……”

“不过呢，”年轻的二宫巡查也像在安慰我似的说道，“火没有烧到房子，还算是幸运的。”

这时，下面农家的中井先生换了身衣服又来了。

“没什么，只是烧着了一点柴火而已，连小火灾都算不上。”

二

中井先生气喘吁吁地说道，为我愚蠢的过失辩护。

“是吗？我明白了。”村长藤田先生连连点头，然后和二宫巡查小声地商量了一会儿，说道，“那么，我们这就回去了，请代我问候你母亲。”

说完，藤田先生和警防团长大内先生，还有其他人一起回去了。只有二宫巡查留了下来，走到我面前，用小得像是在呼吸的声音说道：“那么，今晚发生的事情，我就不向上面呈报了。”

二宫巡查一走，下面农家的中井先生就用紧张的声音问道：“二宫先生怎么说的？”

他的语气里充满了担心。

“说是就不向上面呈报了。”我回答道。邻居们还在篱笆附近没有离去，好像是听见了我的回答，都纷纷说着“是吗？这太好了，太好了”，随即一个个散去。

中井先生跟我道了声“晚安”后也回去了，只剩下我一个人怔怔地站在烧过的柴垛旁，泪眼迷离地仰望着天空。看起来，天就要亮了。

我走进浴室洗了洗脸和手脚，但不知为何有些不敢面对母亲，于是就在浴室旁的三铺席房间里梳理头发，磨蹭了半晌，然后又到厨房里无谓地拾掇着那些餐具，一直折腾到天色大亮。

天亮之后，我蹑手蹑脚地去房间一看，母亲早已换好衣服，精疲力竭地坐在中式房间的椅子上。见我进来，她微笑了一下，但脸色苍白得令人吃惊。

我没有笑，一声不响地站到了母亲的椅子背后。

过了一会儿，母亲说道："没什么要紧的，是吧？那些柴火原本就是用来烧的嘛。"

我一下子就乐了，嘻嘻地笑了。我想起了《圣经》里的这句箴言："一句话说得合宜，就如金苹果在银网子里。[1]"自己能有幸拥有如此善解人意的母亲，让我打心眼里感激上帝。昨晚的事已经过去，我决定不再耿耿于怀。透过中式房间的玻璃窗，我眺望着早晨的伊豆海，一直伫立在母亲身后。最终，我的呼吸与母亲安静的呼吸完美地重合在一起。

简单吃过早饭后，我开始收拾被烧过的柴垛。这时，村里唯一一家旅店的老板娘阿咲从庭院的栅栏门外一路小跑着过来，眼里闪着泪花，说道："怎么啦？怎么啦？我这才听说呢。哎呀，昨晚到底是怎么啦？"

"真对不起！"我小声道歉道。

"有什么对不起的。小姐，更要紧的是，警察那边怎么说呀？"

"说是不要紧。"

"啊，这就好啦。"她脸上露出了由衷高兴的神情。

我向阿咲咨询，该怎样跟村里人表示感谢和歉意。阿咲说，

〈1〉 见《圣经·旧约全书·箴言》第25章。

二

还是送点钱好，还指点我，该拿着钱上哪些家去道歉。

“不过，要是小姐不愿意一个人去，我也可以陪你去的。”

“还是一个人去比较好吧？”

“你一个人没问题？那就还是一个人去的好。”

“那我就一个人去吧。”

然后，阿咲帮我收拾了火灾后的现场。

拾掇停当后，我跟母亲要了些钱，用美浓纸〈1〉将百元纸币一张张包裹起来，然后在每个纸包上分别写上“致歉”二字。

我首先去了村公所，结果村长藤田先生不在。我就把纸包交给了接待室的姑娘，道歉道：“昨晚的事很抱歉。今后我会多加小心，请多多原谅。代我问候村长吧。”

接着我去了警防团长大内先生家。他亲自来到门口，看见我之后一言不发，只是有些难过地微笑着。不知为什么，我突然好想痛哭一场。

“昨天晚上真是对不起。”

我好不容易说出了这句话，然后就匆忙告辞了。一路上我泪水直流，哭花了脸，只好先折回家，到盥洗间洗了脸，重新化好妆，打算再次出门。正当我在玄关穿鞋的时候，母亲走出来问

〈1〉 美浓纸：当地出产的一种历史悠久的日本纸。美浓位于岐阜县南部。

道："还要去哪里吗？"

"嗯，这才开始呢。"我头也不抬地回答道。

"辛苦你啦。"母亲平静地说道。

母亲的爱给了我力量。这次我没有哭，挨家挨户地跑了个遍。

到了区长家，区长不在，出来的是他儿媳妇。一看见我，倒是她的双眼率先噙满了泪花。在巡查那里，二宫巡查不停地对我说，还算幸运，还算幸运。大家都很善良和蔼。然后我又挨门逐户地走访近邻，大家同样都同情我和安慰我。唯有一个人狠狠教训了我一番，那就是前院西山先生的媳妇。虽称呼她"媳妇"，其实，也是四十开外的大妈了。

"以后可要留心啊。虽然不知道你们是皇亲还是华族什么的，但看见你们过着那种玩过家家游戏般的生活，真是心都提到了嗓子眼儿。就像两个小孩在过日子一样，之前没发生火灾反倒让人觉得奇怪呢。真的，从现在开始，你们可得小心点。就说昨天晚上吧，要是风刮得再大一点，恐怕整个村子都给烧掉了。"

西山先生的媳妇就是前一天夜里站在篱笆外大声嚷嚷的那个人。当时，下面农家的中井先生特地跑到村长和二宫巡查跟前替我打圆场，说连小火灾都算不上，可她大声指责说，浴室都烧光了，还不是因为不小心炉火造成的。不过，我也从西山媳妇的抱怨中感受到了真实的成分，觉得她的话不无道理。真的，我一点也不憎恨她。母亲为了安慰我而开玩笑说，柴火就是用来烧的，

二

但如果当时风很大的话，那么就会像西山媳妇说的那样，整个村子都被烧光了吧。那么一来，我就算以死谢罪也无济于事了。如果我死了，那么母亲一个人也活不下去了，而且还会玷污亡父的声名。尽管如今已没有什么皇亲或华族，但如果迟早会灭亡的话，那就索性华丽地灭亡吧。酿成火灾后以死谢罪，如此悲惨的死法，才叫人死不瞑目呢。总之，我要更加坚强，更加踏实。

从第二天开始，我拼命地干农活。下面中井家的女儿时常过来帮我的忙。自从差点酿成火灾而出丑之后，不知为什么，总觉得身体里的血液都变成了暗红色的。以前我心中就寄宿着一条坏心眼的蝮蛇，现在连血色也发生了变化，所以感觉自己越发变成了狂野的乡下姑娘。即便和母亲坐在套廊上编织毛线，也会莫名地感到憋闷和窒息，反倒觉得到田里去翻翻土还更轻松和惬意。

这就是所谓的体力劳动？这种力气活，对于我来说，并不是头一遭。我曾在战争期间被征用，甚至被逼着当过打夯女工。现在去田里干活穿的胶皮底袜子，也是当时军方配给的。胶皮底袜子这东西，当时我还是平生第一次穿，觉得真是舒服，舒服得都叫人难以置信。我穿着它在庭院里走了走，对鸟兽光脚走在地上的轻便和舒适有种豁然领悟的感觉，兴奋得胸口一阵阵悸痛。实际上，战争期间的愉快回忆也就仅此而已。回想起来，战争实在是无聊透顶。

去年，什么事都不曾发生

前年，什么事都不曾发生

大前年，也什么事都没有发生

这首有趣的诗乃是刊登在战争刚结束后的某家报纸上。说真的，如今回想起来，觉得确实发生过很多事，但又觉得什么事都不曾发生。关于战争的回忆，我既讨厌讲，也讨厌听。虽然人是死了不少，但这既陈腐又无聊。莫非是我太过自我了？在我看来，只有被征用后穿上胶皮底袜子，去充当打夯女工时的记忆，才不那么陈腐。虽然也有过讨厌的记忆，但多亏了那时的打夯经历，我的身体才变得很结实，以至于到现在我还不时会想，如果哪天真的为生活所迫，就靠打夯来维持生计吧。

战局日渐绝望的时候，一个身穿军服的男人到西片町家中来，递给了我一张征用令和一个劳动日程表。一看日程表我才知道，从第二天起就得隔日到立川的深山里去干活，不由得泪如雨下。

“不能找人替代吗？”

眼泪止不住地流下来，最后变成了抽噎。

“军方要征用你，必须得本人去。”那个男人强硬地回答道。

我打定了去的主意。

第二天是一个下雨天，我们列队站在立川山脚下，先接受一个军官的训话。

二

"战争必胜！"他一开口便说道，"尽管战争必胜，但如果大家不按照军令行事，就会有碍于作战，造成冲绳那样的后果。请你们务必遵照吩咐行事。另外，这山里没准有间谍潜入，所以必须相互提醒。从今以后，大家要跟士兵一样进入阵地工作，所以一定要提高警惕，绝不能对外泄漏阵地的情况。"

山上雨雾缭绕，近五百名男女队员周身湿透了，站着恭听军官的这番训话。队员中还夹杂着国民学校的男女学生，全都冷得一副要哭的模样。雨水透过我的雨衣渗透进上衣，很快连贴身内衣也湿透了。

整天都在挑网篮搬运土石。在回去的电车上，我泪如泉涌，止都止不住。而第二次的差事是拉打夯的绳子，对于我来说，这活是最好玩的。

去了两三次山里，国民学校的男学生们开始奇怪地盯着我看。有一天，在我挑网篮的时候，两三个男学生与我摩肩而过，我听见其中一个在说："那家伙，是个间谍吧？"

我不禁吓了一跳。

"为什么会那么说呢？"我问跟我并肩挑网篮的年轻姑娘。

"因为你像个外国人啊。"年轻姑娘一本正经地回答道。

"你也觉得我是间谍？"

"不。"这次她稍微笑了笑，回答道。

"我是日本人呢。"说完，就连自己都觉得这话太愚蠢太无聊了，不由得嗤嗤地笑了。

某个天气晴朗的日子，一大早我就和男人们一起搬运着圆木。这时，一个负责监工的年轻军官皱着眉头，用手指着我说："喂，你！到这里来！"

说完，他拔腿就往松树林走去。我的心因不安和恐惧而扑通扑通地跳着，跟在他身后走去。只见树林深处堆积着刚从锯木厂运来的木板，军官走到木板堆前停下脚步，随即转过身来对着我说："每天干活，不好受吧？今天，你就在这里看守这些木材吧。"

说着，他露出雪白的牙齿笑了。

"就站在这里？"

"这儿又凉爽又安静，你就在这木板上睡个午觉吧。如果觉得无聊，就读读这个吧，或许你已经读过了。"

说着，他从上衣口袋里掏出小小的文库本，有些害羞地扔在木板上。

文库本上写着"三套马车"。

我拿起书，说道："谢谢。我家里也有喜欢书的人，不过，他现在去了南方。"

"啊，是吗？是你家先生吧。南方可艰苦了。"他貌似对我话中的"他"理解有误，点着头平静地说，"今天你就在这里负责看守吧。你的盒饭，我过一会儿就帮你带过来，你就好好休息吧。"

二

他丢下这句话，就急匆匆地回去了。我坐在木板上读起文库本来。读到一半时，那个军官穿着皮鞋，发出咯噔咯噔的响声走了过来。

“盒饭给你送来了。一个人，怪无聊的吧？”

说着，他把盒饭放在草地上，又迈开大步回去了。

吃完盒饭，我爬到木材上躺着读书。全部读完后，我开始迷迷糊糊地睡起了午觉。

睁眼醒来，已经是下午三点多了。我觉得，仿佛以前在什么地方见过这个年轻的军官。可想了想，就是想不起来。从木材上下来，正捋着头发时，又传来了咯噔咯噔的脚步声。

“哎，今天你辛苦了。你这就可以回去了。”

我跑到军官旁边，把文库本交给他，很想说声感谢，但一阵语塞，只是默默地抬头看着军官的脸。当四目交汇时，我的眼泪夺眶而出。而那军官的眼睛里也闪烁着泪光。

两个人就那样一声不响地分手了。此后，那年轻军官再也没有出现在我干活的地方。我只有那一天过得很轻松，此后继续隔日在立川深山里干着苦活。尽管母亲一直很担心我的身体，但我反而越发结实了，如今对打夯也暗自有了信心，对农活也不再感到那么痛苦了。

尽管我说过，关于战争的回忆，我既讨厌说，也讨厌听，但情不自禁地讲述了自己的“宝贵经历”。在我的战争记忆中，如果说我还有什么想说的，那也就只有这件事了。其余的就像那首诗所写的那样：

去年，什么事都不曾发生
前年，什么事都不曾发生
大前年，也什么事都没有发生

是的，一切都那么虚幻无常。而荒唐的是，如今我身边留下的，就只有这双胶皮底袜子了。

从胶皮底袜子开始，一下子扯出了这么多废话，肯定是跑题了。但我确实是穿着这双堪称战争唯一纪念品的胶皮底袜子，每天下到农田里干活，以此来排解内心深处的不安和焦虑。而母亲近来却明显地日渐消瘦了。

蛇蛋。

火灾。

从那时起，母亲显然越来越像个病人了，与此相反，我却愈发变成了粗俗卑贱的女人。我甚至有种莫名其妙的感觉，仿佛我是从母亲身上使劲吸取了阳气，才变得越来越胖的。

发生火灾时，母亲曾开玩笑地说“柴火就是用来烧的嘛”，但从那以后，她一直对火灾的事闭口不提，反倒尽可能来安慰我。可事实上，母亲的内心受到的打击肯定比我还大上十倍。自从那

二

场火灾以后，母亲时常会在半夜里发出呻吟，而在狂风大作的晚上，她还会假装着上洗手间，就连半夜也要下床把家里巡视一番。她的脸色一直很糟糕，有时候连走路都非常艰难。以前她就说过，要去帮我做农活，所以有一次竟不听我的劝阻，提着大水桶从井里打水到农田里去浇地，来回折腾了五六次，结果第二天就说肩膀疼得喘不过气来，在床上躺了整整一天。从那以后，她对农田活似乎彻底断了念想，即使偶尔到田里来，也只是在一旁看着我干活。

"据说，喜欢夏花的人会在夏天死去。不知这是否当真？"

今天母亲来看我干农活时，突然这样说道。我没有说话，只顾着给茄子浇水。啊，这么说来，真的已经是初夏了。

"我喜欢合欢树的花。可这儿的庭院里一株都没有呢。"母亲静静地说道。

"不是有很多夹竹桃吗？"我故意用蛮横的口吻说道。

"夹竹桃，我可不喜欢。虽说夏天的花我大都喜欢，但夹竹桃花过于轻佻了。"

"我呢，倒觉得蔷薇不错。但它是四季都开花的，所以，难道喜欢蔷薇的人春天要死，夏天要死，秋天要死，冬天要死，也就是得反复死四次不成？"

两个人都笑了。

"不休息一下？"母亲依旧笑着说道，"今天，有事跟和子商量呢。”

“什么？如果是要说死的事，那就免谈哟。”

我跟在母亲身后，在紫藤架下的凳子上并排坐了下来。紫藤花已经谢了，午后柔和的光线透过树叶洒落在我们的膝盖上，将我们的膝盖染成了绿色。

“早就琢磨着想跟你说说的，但想等我们俩都心情好的时候再说，就一直在等机会。反正不是什么好事。不过，我总觉得今天能够顺畅地把话说完，所以呢，你就忍耐着听我说完吧。其实啊，直治还活着呢。”

我的身体都不由得凝固了。

“五六天之前，和田舅舅来信说，一个以前在舅舅公司上班的人，最近从南方回来了去看他，天南地北地闲聊时才知道，那个人碰巧和直治在同一个部队。直治倒是平安无事，没多久就要回来了。不过，出了一件闹心的事。据那个人说，直治好像吸鸦片上了瘾……”

“又吸上了！”

我就像是吃了什么苦东西似的，把嘴都咧歪了。直治在上高中时曾仿效某个小说家，结果吸毒上瘾，欠了药店一大笔债。为了还清药店的债务，害得母亲整整花了两年的工夫。

“是的，又吸上了。不过，那个人也说了，这个不戒掉，是不会允许他回来的，所以肯定是戒掉了才会回来的吧。据舅舅的

二

信上说，即便戒了鸦片才回来，但像他那种德行的人，是不可能让他马上出去工作的。如今东京这么混乱，就连正常人也难免有点神经错乱，更何况刚戒毒瘾的半正常人，肯定会马上疯掉的，谁知道他会干出什么事来。所以，如果直治回来了，最好立马把他带到这伊豆山庄来，哪里都不准他去，让他在这里静养一阵子。这是其一。另外，舅舅还吩咐了另一件事呢。据舅舅说，我们的钱已经用光了。再说，如今政府又是冻结存款，又是征收财产税，舅舅也很难像以前那样给我们寄钱了。因此，等直治回来后，我和直治还有你，三个人都无所事事的话，要靠舅舅来给我们筹措生活费也不可能了。所以呀，舅舅叮嘱说，要么趁现在赶快给和子找个婆家，要么找个人家去当帮工，总得选择其中一样。”

“帮工？是指做女佣吗？”

“不是的，舅舅是说，对了，就是在驹场的……”母亲随即举出了一个皇族的姓名，“舅舅说，那位皇族跟我们也有血缘关系，所以和子上他们家去当帮工，还给他们家的公主兼当家庭教师，大概也不会感到太拘束和寂寞吧。”

“就没有其他差使吗？”

“舅舅说，其他职业估计你也干不来。”

“为什么干不来？您说呀，为什么啊？”

母亲只是凄凉地笑着，什么也没有回答。

“不行，我不干！”

我也觉得自己说了不该说的话，但就是按捺不住。

“瞧，我之所以穿着这样的胶皮底袜子，对，穿着这样的胶皮底袜子……”说到这里，我泪如泉涌，不禁失声痛哭。我抬起头来，用手背抹去泪水，明知不对，但有些话像人的无意识一样，不受肉体控制地迸出嘴巴。

“您不是说过，因为有我，因为有我陪着你，你才来伊豆的，不是这样说的吗？您说，如果我没了，您就会死的，不是吗？所以我才哪里都不去，陪在您身边，穿着这样的胶皮底袜子，一心想着给您种好吃的蔬菜。可您一听说直治要回来，就突然觉得我是累赘了，要让我去给皇族当女佣。这太过分了，太过分了。”

我也明知自己话说得过头了，但语言就像一个有生命的生物，不听使唤地停不下来。

“要是穷了，没钱了，卖掉我们的和服不行吗？把这房子卖了不也行吗？我什么都能干。我可以去村公所当个女办事员或者别的。如果村公所不肯用我，我还可以去当打夯女工。贫穷，算不了什么。我一直想，只要妈妈疼爱我，我愿意一辈子都待在妈妈身边。可比起我，妈妈更疼爱直治。我要出走。我要出走。反正我和直治性格不合，所以三个人在一起生活，只会落得相互都不幸。我已经和妈妈一起生活了很久，也没什么可遗憾的。今后您就和直治俩单独一起过，让直治来孝敬您好啦。我已经受够了，受够了迄今为止的生活。我走，这就走，马上就走。我有地方可

二

去。”

我站了起来。

“和子！”

母亲厉声大喊道，一副我从未见过的威严表情。她霍地站起来，与我正面相对，看起来比我还要高大一些。

我很想马上说“对不起”，但脱口而出的，是另一番话：“您骗了我。妈，您骗了我呢。在直治回来之前，您一直都是在利用我。我，就是妈妈的女佣。现在用不着我了，就逼我去皇族当帮工。”

我就那样站在那儿，哇的一声痛快地哭了起来。

“你呀，真是个傻瓜。”母亲低沉的嗓音因生气而颤抖着。

我抬起头，不由自主地又说了一些不该说的蠢话。

“是的，我就是个傻瓜。因为是傻瓜，所以才会被欺骗的。因为是傻瓜，所以才会被人当作累赘的。我不在总该好了吧？贫穷算什么？金钱，又算什么？我不懂。我一直都相信爱，相信母亲的爱，只靠相信它而活到现在的。”

母亲突然背过脸去。她哭了。我好想说“对不起”，好想冲过去抱住母亲，但因干农活弄脏了手，所以犹豫了片刻，最后只好装疯卖傻地说：“只要我不在就行了，是吧？那我走好啦。我有地方可去。”

撂下这句话，我就小跑着来到浴室，一边抽泣着一边洗了脸和手脚，然后去房间换衣服。换着换着，我又哇地大声哭开了。是的，真想哭个痛快，于是跑上二楼的西式房间，一下子扑倒在床上，用毛毯蒙住头，哭得不成人样。哭着哭着，就迷糊了起来，渐渐开始特别想念某个人，想看见他的脸，想听见他的声音。那种眷恋让我陷入一种很奇妙的感觉，仿佛在两只脚底施了热针灸，必须得一动不动地忍受着。

临近傍晚时，母亲静静地走进二楼的西式房间，啪地打开了电灯，然后走到床边，很温柔地叫我道："和子。"

"嗯。"

我起身坐在床上，用双手拢了拢头发，看着母亲哧哧地笑了。

母亲也微笑了一下，然后重重地坐在窗下的沙发上，说道："这是我生平第一次违抗和田舅舅的吩咐……妈妈刚才给舅舅写了回信，告诉他，我儿女的事就由我自己来安排吧。和子，我们去把和服卖了吧，把我们的和服都卖掉，来尽情地挥霍一把，过一过奢侈的生活吧。我不想再让你去干什么农活了。就算买昂贵一点的蔬菜，又有什么呢？每天干那样的农活，你肯定受不了的。"

其实，我也开始感到每天下地干活有点受不了了。刚才那么疯狂地又哭又闹，也是因为干农活的劳累和悲伤交织在一起，觉得一切都很讨厌，很可恨罢了。

我在床上低着头，一直缄默着。

"和子。"

二

“嗯。”

“你说你有地方可去，是说的哪儿？”

我意识到自己连脖子都红了。

“是细田先生那里吗？”

我依旧一声不吭。

母亲深深地叹息了一声，说：“重提一下旧事，不要紧吧？”

“不要紧的。”我小声说道。

“你从山木先生家出走，回到西片町的家里时，妈妈我没有说过任何责备你的话，只说了一句，你背叛了妈妈。你还记得吗？结果你一下子就哭了……不过，我也觉得，自己不该用‘背叛’这个有些过分的词……”

但当时听母亲那么一说，我反倒觉得很感激，毋宁说是喜极而泣的。

“妈妈那时候说，你背叛了我，并不是指你离开山木先生家这件事。而是山木先生告诉我，你和细田是恋爱关系。听到这话时，我觉得自己脸色都变了。要知道，细田先生早就有妻室儿女了，你再怎么仰慕他，也不会有结果的……”

“说是恋爱关系，未免太过分了。山木先生也只是胡乱推测而已。”

“是吗？你不会还在想着那位细田先生吧？所谓有地方可去，又是指的哪儿？”

“反正不是细田那里。”

“是吗？那么是哪儿？”

“妈妈，我最近一直在琢磨一件事。人和其他动物的不同之处，究竟是什么？语言也好，智慧也好，思考也好，社会秩序也好，尽管存在着程度上的差异，但其他动物不也同样都有吗？或许还有信仰也说不定。人自以为是万物之灵而自鸣得意，其实和其他动物并没有本质上的区别。但是，妈妈，也许您不知道，人还有一个其他动物绝对没有，而唯有人类才拥有的东西，那就是秘密。您不觉得吗？”

母亲的脸上微微泛起了红晕，笑容可掬地说：“啊！要是和子的秘密能结出美丽的果实就好了。我每天早晨都向你父亲祈祷，让他保佑和子幸福。”

我蓦然想起和父亲驾车去那须野兜风时的情景，脑海中浮现出在途中下车观赏到的原野秋色。原野上盛开着胡枝子、红瞿麦、龙胆、黄花龙芽等秋季的花草。而野葡萄的果实还是青绿的。

后来又和父亲去琵琶湖坐汽艇玩，我跳入水中，只见栖息在水藻中的小鱼在我脚边游来游去，而我双脚的影子则清晰地映照在湖底，并轻轻地来回晃动着。这些情景缺乏前后关联地翩然浮现在我心中，随即又消失不见了。

我从床上滑下来，抱住母亲的膝盖，终于开口说道：“妈妈，刚才是我错了。”

二

回想起来，那天是我们母女俩的幸福火花绽放出最后光芒的日子。不久，直治从南方回来了，开启了我们真正的地狱生活。

三

总是有种活不下去的担忧。这就是所谓的不安这种情绪吗?痛苦的波浪拍打着我的胸口，就像白云接二连三地匆忙掠过骤雨后的天空，那种痛苦时而紧勒住我的心脏，时而又放松开来，让我的脉搏起伏不定，呼吸急促，眼前发黑，一片模糊，仿佛浑身力气都已从手指尖陡然溜走，连毛线都织不下去了。

近来阴雨绵绵，干什么都无精打采。今天，我把藤椅搬到客厅的套廊上，想把今年春天没有织完的毛衣织下去。毛线是浅牡丹色的，有些暗淡，我打算再配些天蓝色的线来织一件毛衣。想来，这些浅牡丹色的毛线，还是从我二十年前上小学时母亲给我织的围脖上拆下来的。那条围脖的一头曾被我当作头巾来用，我戴在头上往镜子里一照，感觉自己就像个小妖怪。而且颜色也和其他同学的围脖大不相同，我打心眼里嫌弃它。说来，我有个同学，家里是关西的纳税大户。她曾假装老成地称赞道："你这围脖戴着挺不错的嘛。"听了这话，我反倒越发害臊了，从此再也没有戴过它。但今年春天，出于所谓的废旧利新吧，我将它拆开来想给自己织一件毛衣。可就是对它黯淡的色彩不满意，结果织了一半就中途扔下了。今天实在是闲得无聊，我偶然地把它翻出来，开始不紧不慢地织了起来。织着织着，我无意中发现，浅牡丹色的毛线与阴霾的灰色天空融为了一体，营造出一种难以言喻的既柔和又温润的色调。这是我以前不曾注意到的。我居然忽略了一个重要的道理，那就是必须考虑到服装颜色与天空颜色之间的和谐。而所谓的和谐，乃是多么美妙的事情！这让我感到有点惊讶，甚至目瞪口呆。雨天的灰色天空和浅牡丹色的毛线，两者组合在一起，双方都顿时粲然生辉，真是不可思议。这下，手上的毛线蓦地散发出暖意，而冰冷的天空也有了天鹅绒一般柔和的触感。这不禁让我想到莫奈笔下的那雾中的教堂。通过这毛线的颜色，我第一次懂得了搭配的重要性。母亲果然有不俗的眼光，她深谙这种浅牡丹色与冬日下雪的天空有着多么美妙的和谐感，所以才特地为我挑选了这样的配色。可我傻傻地嫌弃它。不过，母亲并不试图强迫还是孩子的我去接受它，而是任我自由地喜好。

二十年来，她从未对这种颜色做过任何解释，装作什么也不知道，只是默默地等待着，直到我自己真正懂得这种颜色的美丽。我由衷地感到她是一个好母亲，与此同时，难以忍受的恐惧和忧虑又像乌云般笼罩在我的胸口。面对这么好的母亲，难道我和直治不是一直在欺负她、为难她，让她日趋衰弱，甚至有可能不久于人世吗？左思右想，越想越觉得未来险象环生，充满不祥的预兆。啊，我变得忧心忡忡，仿佛已走投无路。指尖也霍然变得软弱无力，只能将棒针放在膝盖上，长吁了一口，抬起头闭上眼，不由自主地叫了声："妈妈。"

母亲正倚靠在房间一隅的书桌上读书。

"怎么啦？"她诧异地回道。

我有些惊慌失措，故意大声说道："蔷薇花终于开了。妈妈，您都看见了吗？我是刚刚才发现的。终于开了呢。"

蔷薇花就种在前面紧挨着套廊的地方。那是和田舅舅很久以前从很远的地方带回来的，究竟是从法国还是英国，我都有点记不得了。两三个月前，舅舅又把它们移植到了山庄的庭院里来。今天早晨，这些蔷薇终于开出了第一朵花。虽然我早就注意到了，但为了掩饰此刻的窘迫，故意假装着才刚刚发现，大惊小怪地嚷嚷了一下。这朵深紫色的花分明透着凛然的傲气与坚毅。

"我早就知道了。"母亲平静地说，"你好像把这种事看得很了不得似的。"

三

“也许吧。您觉得这很可怜吗？”

“不，我只是说你有这样的习惯罢了。比如，在厨房的火柴盒上贴列那狐〈1〉的画，给偶人做什么小手帕之类的。看来你就是喜欢做这些。还有，听你说起庭院里的蔷薇，就跟在说某个活生生的人一样。”

“都是因为我没有小孩吧。”

冷不丁，一句连自己都意想不到的话冲出了我的嘴巴。等说出口之后，我才大吃了一惊，有些尴尬地鼓捣起膝盖上的毛衣。

“要知道，你都已经二十九岁了呢。”

仿佛有个男人的声音清晰地传了过来，那嗓音是如此低沉和含混，就恍如是从电话里听到的一样。因为害羞，我的整个脸颊热得发烫。

母亲什么也没说，继续读她的书了。母亲近来一直戴着纱布口罩，兴许是因为这一缘故吧，她最近变得沉默寡言了。说来，那口罩还是听直治的劝告才戴上去的。大约十天前，晒得黝黑的直治从南方的岛屿回来了。

也没有任何前兆，一个夏天的傍晚，他从栅栏的后门径直走进了庭院里。

“哎呀，太差劲了。这房子真是太没品位了。不如赶快挂个

〈1〉 列那狐：法国民间故事中的角色。

招牌，写上‘来来轩’‘内有烧卖销售’什么的。”

这就是直治第一次与我打照面时的寒暄。

两三天前，母亲因舌头有毛病而躺在了床上。尽管从外面看并没有什么异样，但母亲说只要稍微动一下就痛得难受，所以吃饭也只能喝点稀粥。我说要不就去找大夫来看看，母亲却摇摇头，苦笑着说：“会遭人笑话的。”

我给她涂了些复方碘溶液，但毫不奏效，这让我莫名地焦虑。

正好这时，直治回来了。

直治进屋后来到母亲的枕边坐下，边点头示意边说：“我回来啦。”

说完，他就站起身来，打量着这小屋子的四周。我跟在他身后，问道：“怎么样？你觉得妈妈变了吗？”

“变了，变了。人也憔悴得厉害。索性赶紧死了好。如今这样的世道，妈妈这样的人根本就活不下去。太惨了。简直不忍心看她。”

“我呢？”

“变得越来越粗鄙了。瞧你那副表情，好像身边有两三个男人似的。对了，有酒吗？今天晚上可得多喝几杯。”

我跑到村里唯一的那家旅店，对老板娘阿咲说，我弟弟回来了，求她分点酒给我。但阿咲说，不凑巧，酒刚刚卖光了。我回家告诉直治后，他顿时摆出一副我从未见过的、完全是陌生人的

三

表情，说道："哼，都是因为你不会打交道，才这样的。"

他找我要了旅店的地址，穿着院子里的木屐就飞奔出了门，之后便一直没有回家来。我做了他爱吃的烤苹果和鸡蛋料理，还把饭厅的灯泡换成了更亮的，一直等着他。可等了很久也不见他的踪影，倒是阿咲从厨房门口探进头来。

她睁着那对鲤鱼般的大圆眼睛，活像出了什么大事似的，压低嗓门说："喂，不要紧吧？他正在我店里喝烧酒呢。"

"你说的烧酒，是那种甲醇酒吗？"

"不是，不是甲醇酒。"

"喝了不会得病吧？"

"不会的，不过……"

"那就让他喝吧。"

阿咲咽下一口唾沫，点了点头回去了。

我走到母亲身边，说道："听说他去阿咲那儿喝酒了。"

母亲一听，嘴角一撇，笑着说："是吗？那么说来，鸦片应该是戒掉了吧？你先吃饭吧。今晚，我们母子仨就睡这个房间吧。对了，把直治的被褥铺在中间。"

我好想哭。

夜深了，直治才拖着又重又响的脚步声回来。我们仨钻进一个蚊帐里睡了。

"直治，要不你给妈妈讲点南方的事吧？"我躺着说道。

“没啥好讲的。没啥好讲的。我全都忘了。到了日本后搭上火车，从车窗望出去，那些水田真是太漂亮了。没了，就这些了。把灯关了吧。开着我可睡不着。”

我关了电灯。夏夜的月光就如洪水般弥漫在蚊帐里。

第二天早晨，直治趴在睡铺上，边吸烟边眺望着远远的大海。

“听说您舌头痛，是吗？”

直治问道，那语气就像是这才注意到母亲身体欠安似的。

母亲只是微笑了一下。

“那病肯定是心理作用造成的。晚上，你准是张着嘴睡觉，对吧？这也太不注意了。干脆戴个口罩吧。用利凡诺浸尔液泡一下纱布，再把纱布塞进口罩里就行了。”

我听了不禁笑出声来。

“那是什么疗法呀？”

“这叫美学疗法。”

“不过，妈妈肯定不喜欢戴口罩啦。”

不光口罩，像眼带、眼镜一类戴在脸上的东西，母亲都一向不喜欢。

“妈妈，您会戴口罩？”我问。

“戴呀。”

听母亲这么认真地低声回答，我吃了一惊。看来，只要是直治说的话，她什么都肯相信和照办。

三

吃过早饭，我按直治刚才说的那样，把纱布放在利凡诺尔液里浸泡之后，做成口罩给母亲送去。母亲一声不响地接过口罩，就那样躺着，顺从地把口罩带子系在了双耳上。她那副模样就像一个小姑娘，让我涌起一阵莫名的悲哀。

午饭后，直治说要去见东京的朋友和文学上的老师，换上了正装，找母亲要了两千日元，就出发去了东京。这一走都快十天了，直治还没有现身。而母亲则每天戴着口罩，等待直治回来。

“利凡诺尔液，真是个好药。戴上这口罩，舌头的疼痛就消失了。”母亲笑着说。

我总觉得母亲是在撒谎。尽管她说她没事了，现在也可以起床了，但好像还是不大有食欲，话也明显少了，让我放心不下。还有，直治到底在东京干什么呢？想必正和那个名叫上原的小说家东游西荡，被卷入了东京那种疯狂的旋涡中吧。我越想越觉得痛苦和难受，以至于突然跟母亲提到蔷薇开花的事，还冒出了“都是因为我没有孩子吧”等自己也备感意外的奇怪话语。看来情况只会越来越糟。

“啊！”我叫着站起身来，但没地方可去，甚至连身体都无处搁置，于是沿着楼梯摇摇晃晃地爬上去，走进了二楼的西式房间。

这里原本是安排给直治住的房间，四五天前，我跟母亲合计之后，就拜托下面农家的中井先生来帮忙，把直治的衣柜、书桌、书柜，还有塞满藏书和笔记本的五六个箱子，总之，也就是以前直治在西片町旧屋中的所有物品，一股脑儿都搬到了这里。我琢磨着，等直治从东京回来后，再按照他的意思重新摆放，而在那之前，就让这些东西胡乱地随意放着吧。这不，屋子里满地都散落着东西，几乎找不到落脚之处。我无意中从脚边的木箱中捡起直治的一本笔记本，只见封面上写着：

葫芦花日记

笔记本里到处都零乱地记录着下面的片段，貌似是直治因嗑药成瘾而备感苦恼时的手记：

有种被活活烧死的感觉。再怎么痛苦，也不能有一言半句的叫苦。这种旷古未有、史无前例的无底地狱，容不得欺瞒与掩饰。

思想？骗人的。主义？骗人的。理想？骗人的。秩序？骗人的。诚实？真理？纯粹？全都是骗人的。牛岛的紫藤[1]，号称有千年树龄；熊野的紫藤[2]，相传亦有数百年之树龄。据闻，其花穗前者最长为九尺，后者则五尺有余。而本人只对其花穗感

〈1〉 指日本埼玉县春日部市牛岛的紫藤。
〈2〉 指静冈县磐石郡丰田村池田行兴寺内的长藤，是日本观赏紫藤的胜地之一。

三

到心动。

那亦是人之子。并活着。

逻辑，归根结底只是对逻辑的爱。而并不是对活着之人的爱。

金钱与女人，逻辑就会立刻羞涩地溜走。

历史、哲学、教育、宗教、法律、政治、社会，与这些学问相比，倒是一个处女的微笑更加弥足尊贵。这便是浮士德博士〈1〉大胆证实的结论。

所谓学问，不啻虚荣的别名。是试图让人变得不再是人的努力。

我甚至敢向歌德发誓。无论要我写出多么巧妙的文字，都不在话下。比如，通篇结构严谨，有着恰到好处的诙谐和催人泪下的悲哀，抑或尽显严肃，读起来令人肃然起敬。如此完美的小说，朗读起来就像是银幕上的解说词。这种东西真让我害臊，怎么可能写得出来？说穿了，那种杰作意识原本就是寒碜而龌龊的。想让人读一篇小说就肃然起敬，这不外乎是疯子的作为。如果是那样，作家就得穿上和服外褂来写作才行。事实上，越是优秀的作品，看起来反倒越是不装腔作势。只因想看

〈1〉 指德国作家歌德（1749—1832）著名长诗《浮士德》中的主人公。

到朋友发自内心的微笑，我才故意把一篇小说写得很糟糕，还佯装着摔了个屁股着地，边挠头边开溜。啊，那一刻朋友的表情有多么高兴啊！

文章够蹩脚，做人也够失败，居然吹着玩具喇叭给别人听，日本的头号傻瓜就在这里。你还算幸运的。祝你健康长寿！——我做着这样的祈愿。而让我做出这种祈愿的爱情，究竟是什么呢？

朋友摆出得意的面孔大发感慨：这正是那家伙的恶劣脾性，太可惜了。甚至不知道，自己是被爱着的。

是否存在着没有不端品行的人呢？

这样的人好乏味。

好想要钱。

否则，

就让我在睡梦中死去吧！

在药店里欠下了近一千日元的债。今天，悄悄把当铺的掌柜带回家里，让他看看我房间里还有没有值钱的东西，如果有，那就拿去当掉好啦。我十万火急地需要钱。可掌柜压根就没有好好看房间，就说："还是算了吧，这些又不是你的家具。"

"好，那就只把我以前用零花钱买来的东西拿走好啦。"我虚张声势地说。

三

可事实上，在我收集来的一大堆破烂中，没有一件是够格拿去典当的。

首先是一个单手石膏像。这是维纳斯的右手。一只大丽花般的手，洁白如雪的手。它就那么被摆放在一个底座上，如果仔细看会发现，这是维纳斯被男人窥见了全裸的身体，大惊失色，羞涩难掩，周身透着桃红色，扭动着滚烫身体时的手势。维纳斯赤裸着，那几近窒息的羞涩，透过指尖无指纹、手掌无纹路的一只雪白娇嫩的右手被无限哀切地表现出来，让我的心也痛苦不堪。可说到底，也不过是毫无使用价值的破烂而已。掌柜给它估价五十分。

此外，还有巴黎近郊的大地图，直径约一尺的赛璐珞大陀螺，写出字来比丝还细的特制笔尖。想当初买的时候，每件都让我有如获至宝的感觉。可现在掌柜笑着，说他这就起身告辞了。"等等！"我连忙拦住了他。结果，掌柜扛走了一大堆书，留给我的却是五日元"大洋"。我书架上的书，几乎全是便宜的文库本，而且都是从旧书店买来的，所以价钱也就自然低得可怜。

我原本是想解决一千日元的债务，结果却只当了五日元。我在社会上的实力也就大致如此吧。这可不是能一笑了之的事。

颓废？可不这样，我就无法活下去。与那些说我颓废来谴责我的人相比，倒是直接诅咒我去死的人更值得我感激。这样才痛快。但人们很少骂我去死。都是一些吝啬小气而又谨小慎微的伪善者。

正义？所谓阶级斗争的本质，并非在于正义。人道？开什么玩笑。我可是心如明镜。为了自己的幸福，就要打倒对方。杀死对方。这不是宣告对方“去死”，那又是什么呢？就别骗人了吧。但我们的阶级中，也没有什么像样的家伙。都是白痴、幽灵、守钱奴、疯狗、牛皮王，他们满嘴之乎者也，惯于从云上撒尿。

就连骂他们一句“去死”，也都不值。

战争。日本的战争，无异于自暴自弃。

因卷入自暴自弃而丢掉性命，我才不干呢。那还不如一个人孑然死去。

当人撒谎的时候，必定会摆出一本正经的面孔。瞧瞧近来我们那些领导人一本正经的面孔吧。呸！

我希望与不想受人尊敬的人们交往。

不过，那样的好人们却不屑与我来往。

我在人们面前伪装早熟，于是，人们就风传我早熟。我做

三

出懒汉的模样，人们就风传我是懒汉。我装着写不出小说的样子，人们就风传我写不出小说。我佯装成说谎者，人们就风传我是说谎者。我伪装成有钱人，人们就风传我是有钱人。我装着很冷漠，人们就风传我是冷漠的家伙。实际上，当我真的痛苦得发出呻吟时，人们却风传我是伪装痛苦。

总是南辕北辙，格格不入。

到最后，除了自杀，还有别的出路吗？

即便如此痛苦，也只能以自杀告终——想到这里，我不禁放声痛哭。

某个春日的早晨，朝阳照射着绽放有两三朵梅花的树枝。据说，一个海德堡的年轻学生就在那树枝上自缢而死了。

“妈妈，你骂我吧！”

“怎么骂？”

“骂我胆小鬼。”

“是吗？胆小鬼……这该行了吧？”

母亲慈爱无比。一想到母亲，我就想哭。就算是为了向母亲道歉，我也得死。

请饶恕我。就这一次，请饶恕我。

年年岁岁徒增长
雏鹤依旧两眼盲
待等羽翼丰满时
更觉悲哀满心房

（元旦试作）

吗啡　阿托罗摩尔　纳尔科蓬　鸦片全碱　巴比纳尔　班奥宾　阿托品[1]

何为自尊？所谓自尊……

一个人，不，一个男人，如果不抱着“我很出色”“我有很多优点”之类的想法，难道就活不下去吗？

讨厌别人，也被别人讨厌。

这是一场智慧的博弈。

严肃＝愚蠢

总而言之，只要活着，就必定在干着骗人的勾当。

〈1〉 这些罗列的名词均为镇静、镇痛、麻醉剂等药物的名称。

三

一封求人借钱的信：

请回信。

请务必回信。

希望一定是个好消息。

我预想自己受到各种屈辱，正暗自呻吟。

并不是在演戏。绝对不是的。

求您了。

因为耻辱，我都快要死了。

绝不是夸大其词。

天天都在等待你的回信。不管夜晚还是白天，我都瑟瑟发抖。

请别把我推倒在地。

从墙壁上传来了窃笑声。深夜，我在床上辗转反侧。

请不要再让我蒙受羞辱。

姐姐！

读到这里，我合上《葫芦花日记》，把它放回木箱里，然后走向窗边，将窗户完全打开，一边俯瞰着雨雾迷蒙的庭院，一边回想着那时候的往事。

时光荏苒，那以后已过去了六年。说来，直治染上毒瘾乃是造成我离婚的导火索。不，不能这么说。就算直治不染上毒瘾，我也肯定会因为某个其他契机而离婚的。我总觉得，这似乎是我生下来就已命中注定的结局。当时，直治因还不起药店的欠债而走投无路，常常缠着我要钱。而我刚嫁给山本先生，在经济上也不那么宽裕，再说，也觉得把婆家的钱悄悄拿去接济娘家的弟弟算不上体面，所以就跟从娘家随我过来的阿关奶妈合计着，把我的手镯、项链，还有裙子都拿去变卖了。弟弟寄来一封“请给我钱”的信，还说他眼下既难过又羞愧，简直没脸来见姐姐，也不敢打来电话，所以请我这个当姐姐的把钱交给阿关，让她送到京桥 × 街 × 号茅野公寓的小说家上原二郎先生那里。他说，我至少应该听说过上原的大名，虽然上原在社会上名声不佳，被人们说成是道德沦丧之人，可实际上绝非如此，叫我大可放心地交给上原先生。收到钱后，上原会马上打电话通知他的，希望我一定照办。他说，这次染上毒瘾，实在不想让母亲知道，所以打算趁母亲尚未发现之前设法把毒瘾戒掉。还说，这次拿到姐姐的钱之后，就去悉数还清药店的欠债，然后去盐原的别墅，等身体康复后才回来。他还说，真的，要是把药房的债还清了，他就金盆洗手，再也不碰鸦片了。他说，他可以朝天发誓，要我一定相信他，并向妈妈保密，求我派阿关去找茅野公寓的上原先生。信上的内容大体如此，于是我按照他的吩咐，让阿关把钱悄悄送到了上原先生的公寓。谁知弟弟在信上的誓言全是一派谎言，最终，他根

三

本就没有去盐原的别墅，反倒是毒瘾越来越大。在缠着我要钱的信中，他每次都用近于悲鸣的痛苦笔调，发誓说他这次一定要戒掉毒瘾，其语气哀切得让人不忍卒读。我明知道也许是又一个谎言，但忍不住还是让阿关去卖掉胸针之类的东西，将换来的钱送到上原先生的公寓去。

“上原先生，是个什么样的人呢？”

“是个矮个子，脸色很糟糕，还一副傲慢冷漠的样子。”阿关回答道，“不过，他很少待在公寓里。大都只有他夫人和一个六七岁的女孩两个人在。那位夫人虽说长得不怎么漂亮，但看起来很和蔼，也很有教养的样子。把钱交给那位夫人，倒是挺放心的。”

那时候的我与现在相比，不，压根就没法相比，完全就是判若两人，是个稀里糊涂的乐天派。可即便如此，随着弟弟一次次地缠着我要钱，而且金额越来越大，也还是禁不住担心起来。一天，在看完能剧回家的途中，我在银座就把车子打发回去，一个人步行着去拜访了茅野公寓。

上原先生一个人在房间里读着报纸。他身穿条纹夹衣，外披一件藏青色的碎白花外褂。看不出是年轻还是年迈，俨然就是一只从未见过的怪兽。这便是他留给我的有些奇怪的第一印象。

“内人和孩子……刚才去……领配给品了……”

他带着鼻音，断断续续地说道。他可能把我当成了他夫人的朋友。我解释说，我是直治的姐姐。这时，上原先生哼的一声笑了起来。我一下子被他笑蒙了，情不自禁地打了个冷战。

“出去走走吧。”

说着，他披上和服外套，从木屐箱里拿出一双新木屐来穿上，沿着公寓走廊，很快就先我一步走了出去。

外面是初冬的夕暮。寒风料峭，貌似是从隅田川刮来的河风。上原先生就像是逆风而行似的，微耸着右肩，一声不响地朝筑地方向走去。我一路小跑着，跟在他身后。

他进了东京剧场背后大厦的地下室。在大约二十铺席的细长房间里，有四五组客人正各自围着桌子，悄无声息地喝着酒。

上原先生用酒杯喝起酒来，还给我也要来一个酒杯劝我喝酒。我用那酒杯喝了两杯，但没什么感觉。

上原先生在那儿喝着酒，抽着烟，一直沉默不语。我也一声不吭。到这种地方来，我还是生平第一次。但我沉静自若，感觉很惬意。

“光喝点酒什么的，倒还没关系……”

“哎？”

“不，我是说你弟弟。如果能换成酒精就好啦。我过去也曾染上过毒瘾，人们对此可是谈虎色变。其实，酒精也一样，但人们对酒精意外地网开一面。既然如此，那就让你弟弟变成酒鬼吧。这样行不？”

“我呀，曾看见过一个酒鬼。那是在新年我准备出门的时候，我家司机的一个熟人坐在副驾驶席上，满脸通红，一副鬼样，还呼呼地打着鼻鼾。我吓得大叫起来。司机告诉我说，这是个酒鬼，拿他没辙。说着，就把他从车上弄下来搭在肩上，不知给扛到哪里去了。那酒鬼的身体瘫软着，就像没有骨头似的，可嘴里还在咿咿唔唔地咕哝着。这是我第一次看到酒鬼，觉得还挺有趣的。”

“其实，我也是个酒鬼呢。”

“不，不会的。根本就不一样，对吧？”

“要知道，你也是个酒鬼呢。”

“怎么可能呢？因为我亲眼见识过酒鬼。完全不一样。”

上原先生这才乐得笑了起来。

“这么说来，你弟弟或许也当不了酒鬼吧，不过，还是先当个喝酒的人好。我们回去吧。晚了，你不方便，对吧？”

“不，没关系的。”

“不，实际上是我觉得很拘束，都快受不了了。大姐，算账！”

“是不是很贵呀？钱不多的话，我倒是带了点。”

“是吗？那就你来付吧。”

“不过，说不定不够呢。”

我看了看钱包，告诉上原先生，自己身上带了多少钱。

“有这么多钱，再喝两三家都够了。你在耍我吗？”上原先生皱着眉头说，然后笑了。

“还要上哪儿去再喝吗？”

听我这样一问，他一本正经地摇着头，说：“不，已经喝得够多了。我给你叫一辆出租车，你回去吧。”

我们沿着地下室的昏暗楼梯向上爬去。快我一步的上原先生走到楼梯的一半时，突然转身对着我，飞快地吻了我一下。我双唇紧闭着，接受了这个吻。

尽管说不上特别喜欢上原先生，但从那时起，我竟有了这么一个“秘密”。上原先生咯噔咯噔地顺着楼梯跑了上去，而我却怀着一种很奇妙的透明心情，慢慢地爬将上去。一出到外面，河风便拂面而来，顿时感到神清气爽。

上原先生给我叫了辆出租车，我们默默地告别了。

我的身体随着汽车摇晃着，感到世间蓦然变得像大海般开阔。

“我有情人呢。”

有一天，当丈夫对我恶语相向时，我忽然觉得好凄凉。冷不防，就从嘴里冒出了这句话。

“我知道，是细田，对吧？怎么也不肯死心吗？”

我没有说话。

每次我们夫妻间有什么不愉快的事情发生时，这个问题就会被搬出来理论一番。我寻思着，这么下去已经是不可挽回了。就好比做裙子时裁错了布料，又不能将裁错的布料再缝合起来，只好全部扔掉，不得不再找一块新布料来重新剪裁。

“莫非你肚子里的孩子，也是……”

三

有一天，丈夫说出了这句话，听得我胆战心惊，浑身战栗。如今回想起来，我和丈夫那时都还太年轻。我既不知何谓恋，也不懂何谓爱。我迷上了细田先生的画，逢人就说："要是能成为细田先生的妻子，不知会过上多么美妙的日常生活。若是不能和他那样趣味高尚的人结婚，那结婚就毫无意义可言。"正因为如此，自然就引起了大家的误解。尽管如此，我还是对什么是恋和什么是爱懵然不知，却满不在乎地到处宣称自己喜欢细田先生，也不打算撤回这些言论，结果把事情弄得格外复杂，就连我腹中的胎儿都成了丈夫怀疑的对象。虽然双方谁都没有提到过"离婚"二字，可不知不觉中，我遭到了周围人不明不白的冷眼，于是我索性带着一起过来的阿关回了娘家。那以后，我生下了死婴，因生病而卧床不起，与山木之间也就此断绝了联系。

或许是从我的离婚中感到了某种近于责任的东西吧，直治说了句"让我去死吧"，就哇哇哇地大哭起来，直到哭得不成人样。我问弟弟，现在他究竟欠了药店多少债，他说出来之后吓了我一跳。而且事后我才得知，弟弟并没有说出真正的金额，而是谎报了一个数字。后来实际查明的欠债总额，乃是弟弟所报金额的三倍之多。

"我，去见了上原先生呢。人不错哦。今后，你就和上原先生一起去喝酒和玩乐得了。是的，酒不是很便宜吗？如果只是酒钱的话，我随时都可以给你的。关于偿还药店的欠债，你也不要担心，总会有办法吧。”

我说自己去见了上原先生，还说上原先生人不错，这似乎让弟弟很高兴。那天晚上，弟弟从我这里拿了钱，立马就去找上原先生了。

毒瘾，或许就是一种精神上的疾病。我赞扬上原先生，并让弟弟借给我上原先生的著作来阅读，当我称赞上原先生是个了不起的人时，弟弟却说："姐姐怎么可能理解他呢？"虽说如此，他还是一脸高兴地给我推荐上原先生的其他作品，"那你读读这个。"不久，我也开始一本正经地阅读起上原先生的小说，和弟弟天南地北地聊起上原先生的闲话了。弟弟几乎每天晚上都要理直气壮地去上原先生那里，貌似渐渐按照上原先生的计划转向了酒精。关于药店的欠债，我悄悄找母亲商量时，母亲用一只手掩住脸颊，一动不动地想了一会儿，然后仰起脸来，有些落寞地笑了，说："想也没用，不知要花多少年，但也只能每月一点一点地偿还吧。"

那以后，已是六年过去了。

葫芦花。啊，弟弟也肯定很痛苦吧。前方已无路可走，或许他至今也想不明白，该如何是好。只有每天抱着死的信念使劲喝酒吧。

不如横下心来，当一个货真价实的恶棍？这样一来，弟弟反而会变得轻松一些吧。

三

是否真有不是恶棍的人呢？——那本笔记本上就这样写着。一旦被这样追问，不禁觉得，我也是恶棍，舅舅也是恶棍，母亲也是恶棍似的。所谓恶棍，难道不就是指善良的人吗？

四

是该写封信呢？还是做点其他的什么？我踌躇了很久。但今天早晨，我突然想起了耶稣的教诲："要灵巧像蛇，驯良像鸽子。[1]"于是，我竟奇怪地来了精神，决定写信给您。我是直治的姐姐。也许您已经忘了。如果忘了，就请回想起来吧。

这阵子直治又去打搅您，似乎给您添了很多麻烦，真是抱歉。(不过，说真的，直治的事该由直治自己来处理，由我越俎代庖地写信道歉，总觉得有些滑稽可笑。)今天，不是因直

〈1〉 见《圣经·新约全书·马太福音》第10章第16节。

治，而是我自己的事有托于您。听直治说，自京桥的公寓遭灾后，您就迁居到了如今的住所，本想去拜访远在东京郊外的府上，但因母亲近来身体小恙，很难撂下母亲前往东京，所以就决定写信相求了。

我有件事想咨询您。

我想咨询的这件事，从旧时《女大学》[1]的立场来看，或许属于非常奸诈、龌龊，且性质恶劣的犯罪，但我，不，是我们，照这样下去，根本就活不了了。您是弟弟直治在这个世界上最尊敬的人，所以我才想到向您毫无保留地敞开心扉，并请求您给予指点。

我已经无法忍受现在的生活。这已不是喜欢或讨厌的问题，而是照此下去，我们母子仨已经活不下去了。

昨天也是痛苦难挨，身体发烧，呼吸困难，不知如何是好。正午刚过，下面农家的姑娘就冒着雨，给我们背来了一袋米。我也按照约定给了她一些衣物。姑娘在饭厅里和我相对而坐，一边喝茶，一边用很现实的口吻说："你这么变卖家产，究竟还能维持多久啊？"

"半年吧，顶多也就是一年。"我用右手遮住半片脸，回答

〈1〉 盛行于江户时代的女子训诫书，
作者不详，一说为儒学家贝原益轩所著。

道，“真困啊。困得都熬不住了。”

“说明你太累了。大概是神经衰弱吧，就是一累就犯困的那种。”

“或许吧。”

我的眼泪差一点就夺眶而出。突然间，我的脑海中浮现出两个词语——现实主义和浪漫主义。对于我而言，现实主义是不存在的。我这样还能活下去吗？一想到这里，周身感到一阵寒意。母亲是半个病人，有时卧床，有时起来，而如您所知，弟弟又是个精神上的重病人。在这里时，他每天都要到附近一家兼做旅店的餐馆去喝烧酒，并拿着变卖我们衣物的钱，三天一次地往东京跑。不过，痛苦的事情还不是这些。我清晰无比地预感到，犹如芭蕉叶还来不及落地便已枯烂一样，自己的生命在这种日常生活中还来不及动弹便已自动地腐败下去。我觉得很害怕，害怕得不堪忍受。所以，就算是有违于《女大学》的训诫，我也一定要从眼下的生活中逃遁出去。

因此，我想咨询您一下。

现在，我想跟母亲和弟弟挑明，我早就爱慕着一个人，想在将来做他的情人，跟他一起生活。我要把这个事实明确告诉母亲和弟弟。而那个人，您也应该是认识的。他名字的首个字母缩写为M.C。老早前，只要遇到什么痛苦的事情，我就想飞到M.C的身边去。这想法强烈得几乎要了我的命。

四

M.C和您一样，也有妻室儿女。而且似乎还有比我更漂亮和年轻的女性朋友。但除了去投奔M.C，我已找不到其他的生路。尽管我还不曾见到过M.C的夫人，但貌似是一个温柔善良的人。一想到那位夫人，我就觉得自己是一个可怕的女人。但与此相比，我觉得自己眼下的生活更加可怕，根本无法克制住想投奔M.C的想法。是的，我也想“要灵巧像蛇，驯良像鸽子”地去成就自己的恋情，不过，我母亲和弟弟，还有世上的人们，谁都不会赞同我吧。您呢？说到底，我还是只能独自思考，独自行动。想到这里，我不禁潸然泪下。因为这是我生平第一次这么做。这件困难的事情，难道就不能在周围人的祝福中去实现吗？就像在思考一道复杂的因式分解题的答案一样，我殚思竭虑，总觉得存在着一个借助它便能迎刃而解的线头，以至于蓦然变得快活起来。

不过，最重要的是M.C，他是如何看待我的呢？想到这里，我就一下子打蔫了。说来，我不就成了自己送上门的——怎么说呢？就是所谓送上门的情人吧。归根结底，就是这么回事吧。因此，如果M.C说一声不愿意，那便也就此完蛋了。所以，我求您了。请您代我问问那个人。六年前的某一天，我的胸口上悬挂起了一道淡淡的彩虹。那既不是恋，也不是爱。但随着岁月的流逝，那道彩虹的色彩变得越来越鲜艳，到今天为止，我从不曾迷失过它。骤雨后悬挂在晴空中的彩虹，不久就会虚幻地消失而去，但悬挂在心中的彩虹不会消失。请替我问问那位先生。他究竟是如何看待我的？是当作雨后天空中的彩虹吗？而且是早已消失了的东西？

如果是那样，我就必须得抹去我心中的彩虹。但是，如果我的生命没有被抹去，那心中的彩虹就不会消失。

期盼您的回信。此致

上原二郎先生（我的契诃夫。My Chekhov。M.C。）

我近来正一点点地发胖。与其说我变成了一个动物性的女人，不如说变得越来越像人了。这个夏天，我只读了一本劳伦斯〈1〉的小说。

四

您没有回信，所以我就又写了一封信给您。之前的那封信中，充满了狡黠的、毒蛇般的奸计，想必被您一一识破了吧。说真的，我在那封信的每一行字里都极尽了狡黠之能事。最终您一定觉得，那封信只有一个意图，就是想找个靠山来维持生计，从您那里骗点钱而已吧。对此我并不否定，但如果我只是想找个经济上的靠山，对不起，我不必特意选择您。宠爱我、乐于照顾我的有钱的老人似乎大有人在。实际上，前不久就有

〈1〉 指英国作家戴维·赫伯特·劳伦斯（1885—1930），代表作有《查特莱夫人的情人》《恋爱中的女人》等。

人给我提了一门滑稽的亲事。对方的名字，说不定您也知道，是个六十多岁的单身老头，还是艺术院的会员什么的，反正就是这么一个大师，居然为了娶我而专程来到了这个山庄。这个大师住在我们以前西片町那个家的附近，算是有邻组[1]的缘分，也曾偶尔见过面。还记得某个秋天的傍晚，我和母亲两个人驾着汽车从那位大师家门口经过，当时他正独自伫立在家门口发怔。母亲透过车窗向大师点了点头，只见大师那总是板着的黝黑面孔霎时变得比枫叶还红。

“会不会是在恋爱？”我闹腾着打趣地说道，“没准他喜欢妈妈吧。”

“不，他可是个了不起的人呢。”母亲镇静地说道，就恍如是在自言自语。说来，尊敬艺术家堪称我们家的家风。

那位大师的夫人几年前过世了，他找到和田舅舅的好友，一个自诩精通谣曲的皇族，拜托他牵线搭桥来向我母亲提亲。母亲让我按照自己的意思直接给大师回复，而我压根就没有细想，因为不喜欢，就直截了当地写道：“眼下我还没有结婚的意愿。”

“我可以拒绝对方吧？”

〈1〉 邻组：日本二战期间为控制国民而设立的一种地区基层组织，以十户为一组。

“当然可以……其实，我也琢磨着，这事不合适。”

当时，大师是住在轻井泽的别墅里，我就把回绝信寄到了别墅那里，不料第二天，信还没到，大师突然就到我们山庄来了，说是在伊豆温泉有工作要做，途中就顺道来了，自然对我的回复一无所知了。所谓的艺术家，不管年纪有多大，似乎都会有这种孩子气的任性之举。

母亲因为身体抱恙，就由我出门来接待他。在中式房间里，我给他端上茶，说道：“我那封辞谢的信函，想必现在已到了轻井泽吧。是我深思熟虑后写给您的。”

“是吗？”他语气有些慌乱地说道，还一边擦拭着汗水，“不过，能不能请您好好考虑一下。该怎么说呢？也许我不能从所谓精神上给予您幸福，但作为补偿，在物质上尽可以让您得到幸福，这一点我可以明确言之。尽管这话说得直白了点……”

“您所说的幸福，我不是太懂。请原谅我出言不逊。契诃夫在给他妻子的信中这样写过：‘请给我生一个孩子，生一个我们的孩子。’尼采的随笔中也有这样的说法：‘想让女人生个孩子。’是的，我想要孩子。幸福什么的，怎么着都无所谓。有钱固然好，但只要够我抚养孩子，就已经心满意足了。”

大师露出了有些怪异的笑容，说道：“你真是个与众不同的人。无论对谁都能直截了当地说出自己的看法。和你这样的人在一起，没准也会给我的创作带来新的灵感吧。”

四

他居然说了这么一句娇情的话，完全与其年龄不相称。倘若我真有力量让一个伟大的艺术家在创作上返老还童，那无疑是很有价值的事情，但我怎么也不敢想象大师抱着我的样子。

“即便我对您没有恋爱的感觉，也行吗？”我笑着问道。

“女人这样子就行啊。女人迷糊点也行的。”大师一本正经地回答道。

“可像我这样的女人，没有恋爱的感觉，还是不会考虑结婚的。要知道，我已经是个大人了。明年就满三十岁了。”

一说完，我便不由得想捂住嘴巴。

三十岁。直到二十九岁，女人都还残留着少女的气息。可三十岁的女人身上，少女的气息已荡然无存。我突然想起，以前读过的法国小说里就有这样的说法，不禁被一种难以忍受的落寞感裹挟住了。朝外面一看，大海沐浴着正午的阳光，宛如玻璃碎片般在熠熠闪光。记得阅读那篇小说时，我认为此话还算有理，但也就一翻而过了。我好怀念那样的时代，能够满不在乎地认定，女人的生活到三十岁就宣告结束了。随着手镯、项链、衣服、腰带等一件件饰物从我身边消失而去，或许我身体上的少女气息也会一点点地淡化消隐吧。寒碜的中年女人。哎呀，真讨厌。就算中年女人的生活，也照样是女人的生活呀。近来，我逐渐明白了这一点。我记得有个英国女教师回英国之际，曾对十九岁的我这样说：“你可别谈恋爱哟。你一谈恋爱，就会落入不幸的。如果要谈恋爱，也要等再长大一点再说。三十岁以后再谈吧。”

听了这话，我脑子里一片茫然。因为对于当时的我来说，三十岁以后的事根本就无法想象。

“风闻你们要卖掉这个别墅……”大师冷不丁这样问道，脸上是不怀好意的表情。

我笑了。

“对不起，我想起了《樱桃园》〈1〉。您是要买下来吗？”

不愧是大师，似乎已敏锐地听出了我的话外之音，有些恼怒地撇着嘴沉默了。

事实上，的确有个皇族提起过，愿意出五十万新日币买下这房子来居住，但很快就不了了之了。想必大师也风闻了这件事吧。不过，被我们看作是跟《樱桃园》中的商人罗巴辛一样的人，这让他难以接受，以至于彻底坏了兴致，所以又闲聊了几句之后，他就回去了。

现在我求您的，并不是做一个罗巴辛。这一点可以明白告诉你。只是想请您接纳一个送上门的中年女人。

我第一次见到您，已是六年前的事了。那时候，我对您

〈1〉 契诃夫的剧本，
描写一个没落贵族的夫人出于无奈，
而把自己的樱桃园卖给一个名叫罗巴辛的暴发商人。

四

这个人一无所知。只觉得您是弟弟的老师，而且是个有点坏的老师。那天我们一起喝了几杯酒之后，您不是还使了个小坏吗，对吧？但我并没有放在心上，只觉得一身出奇的轻松。对您说不上喜欢，也算不得讨厌，没什么特别的感觉。那之后，为了讨弟弟高兴，我从弟弟那里借来您的著作开始阅读，觉得有的有趣，有的没趣，算不上一个热心的读者，但六年间，不知从什么时候起，您就像云雾般渗透进了我的心胸。那天夜里，在地下室的楼梯上，我们俩做的事也栩栩如生地浮现在我脑海里，我觉得那成了决定我命运的重大事件，对您的思慕之情也油然而生。可一想到或许这就是恋爱，我不禁觉得好担心好无助，竟一个人抽抽搭搭地哭了起来。您和其他男人完全不同。我并不是像《海鸥》〈1〉中的妮娜那样，爱上了一个作家。真的，我仰慕的并不是小说家什么的。如果您认为我是一个文学少女，我也会感到困扰的。我只是想要一个您的孩子。

如果很久以前，当您还是单身，而我也尚未嫁到山木家的时候，便邂逅了您，并和您结成夫妻的话，或许我也就不必像今天这样痛苦了吧。但我已断绝了与您结婚的念头，知道那是不可能的。一把推开您的夫人，这无异于寡廉鲜耻的暴力，才

〈1〉 契诃夫的剧本，
描写了乡村富家少女妮娜的爱情理想和遭遇。

不是我愿意干的事。哪怕当个小妾（尽管我不想用“小妾”这个词，毋宁说讨厌得不得了，但就算换成“情人”这个词，通俗地说，不也跟“小妾”没什么两样吗？所以，我要直接用这个词）也没关系。不过，说到世上普通的小妾，似乎生活得很不容易呢。人们常说，小妾就跟东西一样，用完就丢。到了近六十岁时，无论什么样的男人都会回到正房身边去的。所以，我曾听到西片町的老仆和奶妈在一起说，小妾可是千万做不得的。不过，那是世上普通小妾的遭遇，而我总觉得，我和您的情况另当别论。我觉得，对于您来说，最重要的还是您的工作。而且倘若您喜欢我的话，两个人相亲相爱，也有益于您的工作吧。那样一来，您夫人也会认可我们的关系吧。尽管有点强词夺理的意味，但我不认为自己的想法有什么错误。

问题只在于您的答复。究竟是喜欢我还是讨厌我，抑或什么感觉都没有？虽然很怕很怕得知您的答案，但又不能不打探明白。上一封信中，我写了“送上门的情人”，这封信中我又写了“送上门的中年女人”，但此刻回头细想，如果没有您的回信，就算我自个儿想送上门来，也找不着头绪，只能一个人枉自发怔，越发憔悴。是的，您不开口说点什么，那怎么成呢？

我猛然想到一件事情，您在小说中写了大量恋爱冒险记之类的东西，尽管您在社会上被风言风语地说成是大恶棍，但实际上只是一个遵守常识的人，对吧？我不懂什么常识，只要能

四

做喜欢的事情，我觉得那就是精彩的生活。我想生一个您的孩子。而说到生其他人的孩子，无论发生什么，我都绝不愿意。所以，我来找您商量。要是理解了我的意思，就请您给我回信。请明确告诉我您的想法。

雨停了，风刮了起来。此刻是下午三点。待会儿我就去领配给的一级酒（六合）。我会把两个朗姆酒瓶放进袋子中，再把这封信塞进胸口的荷包里，等十分钟之后就出发去下面的村子。这酒我不会给弟弟喝的。它是和子喝的酒。每天晚上，我都要用玻璃杯小酌一杯。说真的，酒还是用玻璃酒杯来喝才好。

您不想来这里一趟吗？

此致

M.C 先生

今天又下雨了。下着那种肉眼看不真切的迷蒙细雨。我每天都不外出，只是等着您的回信。可直到今天为止，都没有任何讯息。您到底是如何想的？上封信中我提到了那个大师，或许不应该吧？没准您会认为，我是故意提到相亲的事，为的是挑起您的竞争心吧？不过，那门亲事已经彻底了结了。刚才我还在与母亲笑着说起这事呢。不久前，母亲说她舌尖发疼，在直治的劝说下，采用了所谓美学疗法。多亏这种疗法，她舌尖的疼痛已经消除，精神也稍微好些了。

刚才我伫立在套廊上，眺望着被风吹得直打旋涡的雾雨，猜度着您的想法。

“牛奶煮好了，快来喝呀。”母亲从饭厅叫我，“天冷了，所以我特意给煮得烫一点。”

我们在饭厅里一边喝着热气腾腾的牛奶，一边聊着前几天大师的事。

“那位先生压根就跟我不般配，对吧？”

“对，不般配。”母亲平静地说道。

“我这么一个爱耍性子的人，其实并不讨厌艺术家，再说，好像那位先生收入也很丰厚，所以要是和他结婚了，我觉得也蛮不错的。可我就是不愿意。”

母亲笑着说：“和子真是个坏孩子。明明那么不愿意，可前一阵子还和那位先生高高兴兴地慢聊了半天呢。你的想法，我真是搞不懂。”

“哎呀，聊起来真的蛮有趣的。我还想和他再海阔天空地多聊聊呢。我是不是不够检点呀？”

“不，是你太黏人了。和子真黏人。”

母亲今天精神特别好。

看见我昨天才第一次梳的高髻，母亲说：“高髻这种发型，适合头发少的人梳呢。你的高髻梳得太夸张了，真想给你头上戴个小金冠试试。算是败作吧。”

四

“我呀，好失望呢。可妈妈有次不是说过，和子的脖子又白皙又漂亮，梳头时要尽量把脖子露出来吗？”

“你就只记得这种事。”

“哪怕别人稍微赞扬我一句，我也一辈子都忘不了。因为记住它们，让我更快乐啊。”

“前不久，那位先生也赞扬你什么了吧？”

“是呀，所以才黏着他说了那么多话的。他说跟我在一起就会有灵感……哎呀，真让人受不了。虽然我并不讨厌艺术家，但像他那样摆出人格高尚者的样子装腔作势，我可是再怎么也喜欢不上的。”

“对了，直治的老师是个什么样的人啊？”

我紧张得脊背一阵发凉。

“尽管不是很了解，但好歹是直治的老师。貌似是个被贴了标签的恶棍呢。”

“被贴了标签？”母亲露出愉快的眼神嗫嚅道，“这可是一个有趣的说法。既然被贴了标签，不是反而更安全更无害了吗？就像脖子上挂着铃铛的小猫一样可爱吧。倒是没有被贴标签的恶棍，才更可怕。”

“也许是吧。”

我好兴奋，兴奋得如同整个身子都化作了青烟，被一股脑儿吸上了天空。您知道吗，我为什么很兴奋？如果您还不明白……我可要揍您了哟。

您真的不打算过来一趟？由我吩咐直治带您过来，总觉得不自然，有些怪怪的。不如您假装趁着酒兴，顺道路过这里。由直治陪着来也行，但尽可能是您独自前来，如果是那样，就请您趁直治去东京不在家的时候来吧。直治在的话，他肯定会缠住您，把您拽到阿咲那里去喝烧酒，搞得事情不了了之。我们家，貌似祖祖辈辈都一直喜欢艺术家。那个名叫光琳[1]的画家，过去也曾在我们京都的家里逗留过很长时间，在隔扇上画过漂亮的画。所以我想，母亲也肯定会因您的到来而高兴的。想必会安排您睡在二楼的西式房间吧。请别忘了关灯。我会用一只手拿着小小的蜡烛，顺着黑暗的楼梯爬上去……这样不行吗？这样说还是太早了吧。

我喜欢恶棍。而且是贴了标签的恶棍。我也想变成一个贴了标签的恶棍。总觉得，除此再也找不到其他活路。您是日本头号被贴了标签的恶棍吧。最近听弟弟说，又有很多人在憎恨您、攻击您，说您肮脏无耻，而我反倒越发喜欢上您了。您这样的人，肯定有不少女人簇拥着，但不久您就会逐渐只喜欢我

〈1〉 光琳：即尾形光琳（1658—1716），江户时期出生于京都的日本画家，其画风自成一体，有“光琳派”之称。作品有《竹梅图》《杜鹃花图》《燕子花图屏风》等。

四

一个人吧。不知为什么，我就是忍不住会这样想。而且您和我一起生活，每天都会愉快地投入到工作中吧。从小时候起，就一直有人对我说："和你在一起，就会忘记辛劳。"我还不曾有被人厌弃的经历。大家都说我是一个好孩子。所以我想，您也不可能讨厌我。

我们见个面好啦。如今已不需要回信或者别的。我想见您。我跑到东京去您府上拜访，或许是最容易见到您的吧，但眼下母亲已经是半个病人，我就是她的贴身护士兼女佣，所以这办不到。拜托您了。求您到这里来吧。我就想看您一眼。而只要见了面，一切都在不言之中了。请看看我嘴角两侧出现的小小皱纹吧。看看这凝聚了世纪悲哀的皱纹吧。比起我的任何语言，倒是我的脸更能清楚无误地告诉您我心中的想法。

在我写给您的第一封信中，写到了悬挂在我心中的那道彩虹，不过它并非像萤火虫的荧光或夜空的星光那样优雅而美丽的东西。如果是那种淡泊而悠远的思绪，我就不会如此痛苦，并能渐渐把您忘怀了吧。我心中的彩虹，乃是一道燃烧着火焰的桥。是足以烧焦我胸膛的情感。即便毒品上瘾者在毒品断货而又毒瘾发作时，也没有我这么难受吧。尽管我知道自己并没有错，也没做什么邪恶之事，但有时也会突然冒出这样的思虑：我是不是正在做一件非常愚蠢的事情。这想法让我毛骨悚然。我甚至经常反省，自己是不是陷入了疯狂的状态？可是，我也有自己冷静计划的事情。真的，请您到这里来一趟吧。什么时候来都行。我哪里也不去，一直等着您。请相信我吧。

让我们再见一次面吧。到时候，如果您不愿意，就明说好啦。我心中的烈火是被您点燃的，所以就请您来浇灭它吧。凭我一己之力，是怎么也熄灭不了的。总之，只要见了面，见了面，我就得救了。如果是回到《万叶集》或《源氏物语》的时代，我所说的这一切都不在话下。我的愿望，就是成为您的爱妾，成为您孩子的母亲。

如果有人嘲笑这封信，那么他就是在嘲笑女人求生的努力，在嘲笑女人的生命。我再也无法忍受港口那令人窒息的凝重空气。即便港口外面肆虐着狂风暴雨，我也要扬帆启航。歇着的风帆，无一例外都是肮脏的。什么都做不了。

真是个麻烦的女人。但为此而最痛苦的人，是我。旁观者们对这个问题毫无苦恼，他们让船帆丑陋而无力地歇息在沙滩上，却对此问题进行猛烈的抨击，真是荒唐可笑。请不要随意把我说成是什么什么思想。我是无思想的人。我从未按照思想和哲学来采取行动。哪怕一次也没有。

被世间称之为好人而受到尊敬的人，全都是撒谎者，都是赝品。我深知这一点。我从不相信这个世间。唯有贴有标签的恶棍，才是我的伙伴。贴着标签的恶棍。纵然被吊在那个十字架上钉死，我也在所不惜。就算遭到万人的谴责，我也会一个

四

个回击道：你们不是比贴有标签的恶棍更危险的恶棍吗？

您能理解吗？

恋爱是不需要理由的。我似乎太咬文嚼字了。同时又觉得，是在模仿弟弟的口吻说话。我只是等着您的到来。再见一次面吧。仅此而已。

请等等。啊，在人的生活中，尽管有着喜怒哀乐等各种情感，但它们都不过是仅占人类生活百分之一的情感。而剩下的百分之九十九，不就只是在等待中度过吗？我心急如焚，迫不及待，等待着从走廊上传来幸福的足音。可什么都没有。啊，所谓人类的生活，真是太过凄惨。大家都觉得，还是没有生下来为好。而这就是现实。每天从早到晚，都在徒劳地等待着什么。太悲惨了。我希望自己可以说，生下来真好，我要愉悦地享受生命、人，还有这世界。

您就不能冲破道德的阻碍吗？

此致

M.C（这可不是My Chekhov的第一个字母。

我爱慕的并不是作家。这是My Child〈1〉的缩写。）

〈1〉 英语，意为“我的孩子”。

五

今年夏天，我给一个男人寄去了三封信，但都石沉大海。再怎么想，都觉得找不到其他生路，我才在三封信中写下了自己内心的想法。我是怀着从海角的悬崖上纵身跳进大海的心情，把那些信投进邮筒的。可无论怎么等待，都杳无回音。我不露声色地向弟弟直治探听那个人的情况，据说他一切如故，没有变化，每天晚上照样到处喝酒，越发净写些违反道德的作品，遭到了社会上正人君子们的厌弃和憎恨。他还动员直治涉足出版业什么的，对此直治也颇有兴趣，打算除那个人之外，再聘请两三个小说家来担当顾问，而且也真有人愿意给直治出资，等等。从直治的话语听来，在我爱慕的那个人身边完全嗅不到一丁点我的气息。我与其说觉得羞愧，不如说感觉到，这个世间与我想象的世间俨然是截然不同的另一种奇怪生物，唯有我遭到了它的抛弃。不管我怎样拼命呼救，周围都没有任何反应。我仿佛不得不伫立在秋日黄昏的旷野里，任凭从未咀嚼过的凄凉感向我席卷而来。这就是所谓的失恋吗？当我就这样呆立在旷野中的时候，太阳已经彻底落山了。我除了被冻死在夜露中，找不到其他办法。想到这里，我欲哭无泪，双肩和胸口剧烈地颤抖着，连气都喘不过来。

既然如此，我无论如何都要到东京去与上原先生见上一面。要知道，我的船帆早已高高扬起，驶向了港口外面。我不可能再驻足不动，必须前往要去的地方。就在我偷偷下定决心去东京时，母亲的身体状况却突然恶化了。

一天夜里，母亲咳嗽得厉害，我给她量了量体温，结果竟然有 39 度。

“都是因为今天天冷吧。到了明天，就会好的。”母亲边咳嗽边小声说道。

不过，我总觉得，这次不像是普通的咳嗽，便暗自打定主意，明天去请下面村子的大夫来看看。

第二天早晨，母亲的体温降到了 37 度，咳嗽也消停了许多，即便如此，我还是到村里的大夫那里，告诉他母亲这阵子突然变得虚弱，昨晚开始又咳嗽又发烧，怀疑不是一般的感冒，请他出诊来检查一下。

大夫说，那我过一会儿就去。接着，他从客厅一角的橱柜里拿出三个梨子给我，说这是别人送给他的。正午刚过，大夫就穿着白底蓝花纹的夏衫来诊断病情了。像往常一样，他开始仔细地检查，又是听诊又是叩诊，花了很长时间。然后他转身对着我，说道："不用担心。服药以后，就会好的。"

我莫名地觉得很好笑，只好强忍着说道："要不要打针？"

"才没那个必要呢。因为是伤风感冒，只要静养一阵子就好了吧。"

但母亲的高烧过了一周都没有减退。虽然咳嗽是止住了，但早晨的体温还有 37.7 度，而到傍晚后更是升到了 39 度。不巧的是，从第二天起，大夫就因拉肚子而停诊了。我去拿药时告诉护士，母亲的状态还是很糟糕，并请她转告大夫，结果她只回答说，就是普通的感冒，不用担心，给了我一点药水和药粉就完事了。

直治依旧在东京，已有十几天没有回来了。我一个人很担心，就写了张明信片给和田舅舅，告诉他母亲的身体有些异样。

发烧后的第十天，村里的大夫终于养好了肚子，来给母亲看诊了。

大夫一脸认真地给母亲胸部进行叩诊。

"明白了，明白了。"他突然叫了起来，转身面对着我说，"发烧的原因总算明白了。是左肺出现了浸润。不过，不用担心。尽管发烧还会持续一阵子，但只要好好静养，就不必多虑了。”

是吗？我有些将信将疑。但就像溺水者使劲拽住救命稻草一样，村里大夫的诊断还是稍微让我宽下心来。

大夫回去后，我说：“太好了，妈妈。就一丁点浸润，大部分人都有的。只要精神上坚强起来，是很容易痊愈的。说来，都怪这个夏季气候反常。我讨厌夏天，也讨厌夏天的花。”

母亲闭着眼睛笑了，说：“据说喜欢夏花的人会在夏天死去。我一直想，自己会不会也死在今年夏天呢。是因为直治回来了，所以我才活到了秋天的。”

就连直治那样的人，也成了母亲活命的支柱。想到这里，我不禁好生难受。

“那么，既然夏天都已过去了，也就意味着，妈妈的病情也过了危险期了。妈妈，瞧，庭院里的胡枝子花都开了呢。接下来就该是女郎花、地榆、桔梗、苓草和狗尾草的季节了，到时满园都是秋日景色。到了十月，您的烧也肯定退了吧。”

我为此而祈祷着。这闷热的九月，亦即所谓残暑的季节，早日过去就好啦。不久，等到菊花盛开，每天都是小阳春的晴朗天气，母亲的高烧也就该退了，身体也该恢复健康了吧。到时候，我也能与那个人见面了，而我的计划也能像大朵的菊花般美丽地绽放。啊，赶紧进入十月，让母亲的高烧也早点退了吧。

给和田舅舅寄去明信片后，过了大约一周。在他出面安排下，以前做过御医的三宅老医生带着护士，从东京赶过来给母亲诊断病情。

这位老医生与我过世的父亲也有过交情，所以母亲见到他后一脸兴奋的表情。再说，老医生向来不拘礼节，说话也很随意，让母亲颇有好感，所以他们索性把诊察撂在一边，两个人兴致勃勃地沉浸在了推心置腹的闲谈里。我在厨房做好布丁，端到客厅里时，貌似诊察也已经结束。只见老医生把听诊器像项链似的乱挂在脖子上，坐在客厅走廊的藤椅上。

“我们也会跑到路边摊去站着吃乌冬面，才不管它好吃不好吃呢。”

老医生依旧悠然地闲聊着。母亲也漫不经心地望着天花板，听着医生说话。看来没什么事，我舒了口气。

“情况如何？这村里的大夫说，左胸部位有点浸润呢。”我突然来了精神，问三宅医生道。

老医生满不在乎地轻声说道：“什么？没事的。”

“啊，太好了，妈妈。”我发自肺腑地微笑着，对母亲说，“医生说没事呢。”

这时，三宅医生突然从藤椅上站起身，朝中式房间走去。貌似有什么急事找我，我悄然紧跟在他后面。

老医生走到中式房间的壁毯下，停住脚步说：“胸部听到了呼噜呼噜的杂音呢。”

五

“莫非不是浸润？”

“不是的。”

“那是支气管炎？”我问道，双眼早已噙满泪水。

“不是的。”

结核？我实在不愿往这个想。倘若是肺炎、浸润、支气管炎什么的，那我一定会竭尽全力治好母亲。可要是结核病，啊，也许就无能为力了。我感到脚下正在崩塌。

“是很糟糕的杂音吗？听见有呼噜呼噜的声音？”

我因为害怕已开始抽噎起来。

“左胸和右胸全都有。”

“可是母亲精神还好着呢。吃饭时，还连声说好香好香……”

“没办法呀。”

“您在骗人，是吧？喂，不会有那种事吧？多吃点黄油、鸡蛋、牛奶，就会好的，对吧？只要身体有了抵抗力，烧也会退的吧？”

“嗯。什么都要多吃点才好。”

“是那样，对吧？她每天都要吃五个西红柿呢。”

“嗯，西红柿不错。”

“那，应该没事吧？会好吧？”

“不过这次的病也许是致命的。还是做好那样的思想准备吧。”

原来，这个世界上竟有很多事情，是凭人力根本抗拒不了的。

我仿佛觉得，自己生平第一次知晓了那堵绝望之墙的存在。

“还有两年？三年？”我颤抖着小声问。

“不知道。总之，已没法可想了。”

三宅医生说，他预订了伊豆长冈温泉的旅店，所以当天就带着护士一起离开了。我把他们送到大门外，然后不顾一切地跑回屋里，在母亲枕边坐下，就像什么事都没有发生似的，对着母亲微笑。

“医生都说了些什么？”母亲问。

“说只要烧退了，就好啦。”

“胸部呢？”

“好像没什么大不了的。对，就像您上次生病时那样。肯定是的。等过些日子天气凉爽了，您就很快会康复起来的。”

我拼命想相信自己的谎话，试图忘掉“致命”等可怕的词语。在我看来，母亲去世就等同于我的肉体也一起消失，很难作为事实来接受。从现在开始，就忘掉一切，给母亲做好多好多好吃的东西来孝敬她吧。鱼。汤。罐头。肝。肉汁。西红柿。鸡蛋。牛奶。清汤。要是再有点豆腐就好啦。豆腐的味噌汤。白米饭。年糕。我要把我的东西全部卖掉，换成好吃的东西来给母亲吃。

我站起来，向中式房间走去。我把那里的躺椅搬到客厅的套廊附近坐了下来，以便能从那个位置看见母亲的面庞。母亲安睡的面容一点也不像个病人，眼睛是那么美丽清澄，脸色也是那么

五

富有生气。每天早晨，她都准时起床，先去盥洗间，然后在浴室旁的三铺席房间里把自己的头发梳扎起来，直到打扮停当后才回到自己的房间，坐在地板上吃早饭。接下来，她时而躺着，时而起来，整个上午都一直在读书看报，因为发烧都是在下午。

“啊，妈妈精神好着呢。一定没事的。”

我暗自在心里拼命否定着三宅医生的诊断。

到了十月，特别是菊花盛开的时节……想着想着，我竟迷迷糊糊地打起盹来。啊，我来到了一片森林中的湖畔。尽管是现实中从未见过的风景，但在梦中屡屡出现，以至于看见它，竟有着再度造访的亲切感。我和一个穿着和服的青年结伴步行着，不曾发出一点脚步声。整个风景都仿佛笼罩在一层绿色的雾霭中。而湖底则沉没着一座细长的白桥。

“啊，桥沉在湖底了。今天哪儿也去不了了。就在这儿的酒店住下吧。按理说是应该有空房的。”

湖畔有一座石头建筑的酒店。只见砌成酒店的石头被淹没在绿色的雾霭里，湿漉漉的。石门上用金色的文字纤细地镌刻着一排文字：HOTEL SWITZERLAND。刚一读到“SWI”几个字母，我就无意间想到了母亲。母亲到底会怎么样呢？母亲也会来这家酒店吗？我不禁心生疑虑。我和青年一起穿过石门，走进了前院。烟雨迷蒙的庭院里，好多类似于紫阳花的大朵红花如火焰般地怒放着。小时候，我曾在被套的图案里见到过火红的紫阳花，当时竟涌起了很奇妙的哀伤感。而此刻我才知道，红色的紫阳花原来是真实存在的。

“不冷吗？”

“嗯，有一点。雾打湿了耳朵，耳朵里怪冷的。”说完，我又笑着问道，“母亲会怎么样呢？”

于是，青年露出了充满悲哀和慈爱的微笑，回答道：“那位女士，她在坟墓下面呢。”

“啊？”我小声叫了起来。原来是这样啊。母亲已经不在人世了。对呀，母亲的葬礼不也早就举行过了吗？啊，母亲已经去世了——当我意识到这一点之后，一种难以言喻的凄凉感猛然袭上心头，让我禁不住浑身颤抖。于是，我醒了过来。

我朝阳台望去，已经是黄昏了。下着雨。绿色的落寞感漂漾在四周，让我仿佛还身在梦中。

“妈妈。”我叫道。

“在干吗呢？”传来了轻轻的回答。

我高兴得跳起来，走到客厅里说道：“刚才呀，我睡着了呢。”

“是吗？我正纳闷，你在干什么呢。你这午觉睡得真够长的呀。”母亲笑了，一副饶有兴味的表情。

母亲还如此优雅地呼吸着、活着，这多么值得庆幸啊！我不禁喜极而泣。

“晚饭的菜谱呢？您想吃什么？”我故意用有些闹腾的声调说

五

道。

“不用。什么都不要。今天升到了 39.5 度呢。”

一瞬间，我被一种挫折感深深地攫住了。我感到穷途末路，只是呆呆地环顾着幽暗的房间，突然涌起一种想死的冲动。

“怎么回事呀？39.5 度。”

“没什么。只是发烧前这段时间很难受。先是头有点疼，身体发冷，然后就发烧了。”

外面天色已黑，雨好像停了，但还刮着风。我点上灯，刚想去饭厅，不料母亲说道：“好刺眼呀，别开灯。”

“一直躺在黑暗的地方，您不厌倦吗？”我就那样站着问道。

“因为是闭着眼睛躺着的，所以没什么区别。一点也不寂寞。反倒是亮晃晃的，觉得不舒服。以后这房间就别点灯了吧。”母亲说道。

我觉得，这又是一种不祥的预感，于是我一声不响地关掉了房间里的灯，走到隔壁房间，打开了那里的台灯。突然，一种难以忍受的凄凉感笼罩住了我。我急忙走到饭厅里，用鲑鱼罐头拌着冷饭吃。不一会儿，眼泪就扑簌簌地流了下来。

到了夜里，风越刮越大，九点左右，开始风雨交加，演变成了一场真正的暴风雨。两三天前檐下走廊里被卷起的竹帘，此刻正发出啪嗒啪嗒的声响。我坐在客厅旁边的房间里，怀着莫名的兴奋开始阅读罗莎·卢森堡〈1〉的《经济学入门》。这是我不久前从二楼的直治房间里找出来的，当时还把《列宁选集》和考茨基〈2〉的《社会革命》等也一起擅自借来，放在隔壁房间里我的桌子上。不料母亲早晨洗完脸回去时从我桌子旁路过，无意中把目光停留在那三本书上，还一本本拿在手上打量，然后轻声叹息着，又悄悄放回到桌上，露出落寞的表情瞅了瞅我。尽管那眼神凝聚着深深的悲哀，但绝非拒绝和厌恶的眼神。母亲读的都是雨果、仲马父子、缪塞、都德〈3〉等人的书，但我知道，在那些貌似讲述甘美故事的书里，也能嗅出革命的气息。像母亲那样，具有天生的教养，不，也许这说法有点奇怪，总之就是具有那种天性的人，没准倒能格外轻松地把革命作为理所当然的事情来接受。就说我吧，像这样读着罗莎·卢森堡的书，也不免觉得自己有点装腔作势，但也委实从中感受到了浓厚的兴趣。尽管书中所论述的都是经济学方面的内容，但如果仅作为经济学来阅读，的确很是索然无味，因为净是些再明白不过的简单事实。不，也许是我对经济学这玩意儿完全无感吧。总之，我觉得毫无乐趣可言。人都是吝

〈1〉 罗莎·卢森堡（1871—1919）：德国社会民主党和第二国际左派领袖之一，德国共产党创始人之一。

〈2〉 即卡尔·考茨基（1854—1938），社会民主主义活动家，德国和国际工人运动理论家，第二国际领导人之一。

〈3〉 雨果、仲马父子、缪塞、都德，均为法国十九世纪的著名作家。

五

啬的，而且是永远吝啬的——不以此作为前提，经济学这门学问就压根难以成立，所以对于不吝啬的人来说，所谓分配问题或别的什么问题，都是兴味索然的。即便如此，我阅读这些书时，却从其他方面感受到了奇妙的兴奋。那就是该书作者毫不犹豫地彻底打破旧思想的莽撞勇气。我的脑海中甚至浮现出了一个不惜违背道德，也要毅然扑向恋人怀抱的人妻形象。其中贯穿着破坏的思想。破坏充满了哀愁与悲伤，却又美丽无比。无异于从破坏到重建再到完成的一场梦。而且明知一旦破坏之后，或许将永无完成之日，但为了恋爱，就不得不进行破坏，不得不发动革命。罗莎就是这样可悲而又专注地热恋着马克思主义。

那是十二年前的冬天。

“你呀，就像是《更级日记》[1]中的少女。无论跟你说什么都是白搭。”一个朋友撂下这句话，就离我而去了。当时，我把她借给我的列宁的书，看都没看便还给了她。

“读了吗？”

“对不起，没读呢。”

当时，我们正站在能看见尼古拉教堂[2]的桥上。

〈1〉 日本平安时期的日记文学代表作品，作者是菅原孝标的女儿。该日记是作者于晚年所写的自传，内容为十三岁至五十一岁约四十年间的回忆。

〈2〉 尼古拉教堂：位于东京都千代田区骏河台的日本东正教耶稣教堂。

“为什么？干吗不读？”

那位朋友的个子比我还高出一寸左右。她擅长外语，戴着一顶特别适合她的红色贝雷帽，大伙儿都说她长着一张蒙娜·丽莎的脸，是公认的美人。

“我不喜欢这本书封面的颜色。”

“真是个怪人。不会是那个原因吧？事实上，是怕我了吧？”

“才不怕呢。我只是受不了那封面的颜色。”

“是吗？”她有些落寞地说道。接着，她说我就像是《更级日记》中的少女，还断言无论跟我说什么都是白搭。

我们沉默了半晌，一直俯瞰着冬天的河水。

“祝你平安。如果这是永远的别离，那就祝你永远平安。——拜伦〈1〉。”

说着，她又用原文很快地背诵了拜伦的诗句，轻轻地搂抱了一下我的身体。

“对不起。”

我很难为情地小声道歉道，然后朝御茶水车站走去。当我回头看过去时，那位朋友还伫立在桥上，一动不动地望着我。

从此，我和那位朋友再也没有见过。尽管我们俩在同一个外

〈1〉 拜伦（1788—1824）：英国浪漫主义诗人，
代表作有《恰尔德·哈洛尔德游记》《唐璜》等。
他还是一个为理想战斗一生的勇士，参加了希腊民族解放运动。

国教师家上课，但不是同一所学校。

那以后过去了十二年，我依旧没有从《更级日记》中迈出一步。是呀，在这期间，我究竟都干了些什么呢？我没有憧憬过革命，甚至连恋爱也懵然不知。此前，世间的大人们是把革命和恋爱作为最愚蠢、最忌讳的两样东西来教给我的，无论在战争前还是战争期间，我们都对此深信不疑，但战败后，我们不再相信世间的大人们，发现只有从他们所教导的反面才能找到生存之路。我们甚至觉得，革命也好，恋爱也好，实际上是这世间最美好、最绝妙的尤物。正因为它们过于美妙，所以大人们才故意使坏地骗我们说，那是不能吃的青葡萄。我就想确信一点，人是为了革命和恋爱才来到这个世界的。

隔扇被轻轻拉开了。母亲笑着，把脸探进来，说道："还没睡呀。不困吗？"

我一看桌子上的钟，已经十二点了。

"嗯，一点都不困。读着这本讲社会主义的书，便兴奋起来了。"

"是吗？没有酒吗？这种时候，喝了酒再睡，就能睡得很香了。"母亲用像是在揶揄人的口吻说道，但不知为何，她的态度中透着与颓废只隔着一层薄纸的妖冶。

不久就进入了十月，但没有迎来秋高气爽的晴朗天空，反倒持续着像梅雨季节那样阴霾而闷热的日子。而且一到每天的傍晚，母亲的体温就会在38度和39度之间上下徘徊。

一天早晨，我发现了一个可怕的迹象——母亲的手肿了。母亲以前经常说早饭是最香的，可这阵子坐在地板上，只肯喝一小碗粥，连味道重一点的小菜也吃不下了。这天，我给她做了松茸清汤，貌似连松茸的香味也让她受不了了，她刚把碗端到嘴边，又悄悄放回到餐桌上。这时，我留意到母亲的手，不禁大吃一惊。她的右手已肿得圆鼓鼓的了。

"妈妈！瞧您的手。没事吧？"

母亲的脸色也有点苍白，看起来有些浮肿。

"没事呀。这点小毛病不要紧的。"

"什么时候开始肿的？"

母亲露出有些目眩似的表情，一下子沉默了。我好想放声痛哭。这样的手，根本就不是我母亲的手。而是其他某个老妪的手。母亲的手分明更纤细更小巧。那才是我熟悉的手。优雅的手。可爱的手。难道那双手就永远消失了吗？尽管左手还肿得不那么明显，但也让我心疼得不忍直视。我只好挪开视线，盯着壁龛的花篮看。

我的眼泪就要夺眶而出了。我再也无法忍受，只好站起身来朝饭厅走去。直治一个人正在吃半熟的鸡蛋。即便他偶尔待在伊豆的家里，晚上也肯定会跑到阿咲那里去喝烧酒，而早晨则是一

五

副闷闷不乐的表情，饭也不吃，只吃四五个半熟的鸡蛋，然后就窝到二楼上，躺躺起起，起起躺躺。

“妈妈的手肿了……”刚跟直治说了一半，我就低下脑袋，再也说不下去了。我埋着头哭了起来，双肩不住地颤抖。

直治也沉默了。

我仰起脸来，抓住桌子的一端，说道：“已经不行了。难道你没有发觉？肿成那个样子，肯定是不行了。”

直治的神情也蓦地黯然下来，说道：“那样子的话，就快了。嘁，这下变得多没劲呀。”

“我，想再给她治一治。无论如何都要再治一治。”我用右手使劲拧着左手。

突然，直治小声地抽噎起来。

“什么好事都没有。我们什么好事都没有，难道不是吗？”

说着，他胡乱地用拳头抹了抹眼泪。

那天，直治特意去了东京，以便向和田舅舅报告母亲的病情，听取和田舅舅接下来的吩咐。只要是不在母亲身边，我从早到晚几乎都在哭泣。在晨雾中去取牛奶的时候，对着镜子梳头发、涂口红的时候，我都总是在哭泣。与母亲一起度过幸福日子的种种回忆，宛如画卷一般浮上心头，让我忍不住痛哭。傍晚，天黑下来之后，我来到中式房间的阳台上，久久地啜泣。秋日的天空中星光闪烁，一只别人家的猫就蹲伏在我的脚边，一动也不动。

第二天，母亲的手肿得比前一天更厉害了。她什么也吃不下。就连橘子汁她也说因为口腔干裂，痛得喝不下去。

“妈妈，您要不要再戴戴直治的口罩？”我原本是想笑着说的，可说着说着，突然悲从中来，哇地哭了起来。

“看每天把你忙的，肯定累坏了吧？你就雇一个护士吧。”母亲静静地说。我知道，比起自己的身体，她更担心我的身体，这让我觉得更加悲伤。我起身跑到浴室旁的三铺席房间里，痛痛快快地哭了一场。

正午刚过不久，直治就带着三宅老医生和两个护士回来了。

老医生平常总是玩笑连篇，可这时候一副怄气的模样，咯噔咯噔地走进病室，立刻开始诊察起来。

“身体可是衰弱了不少啊。”

他自言自语似的嘟哝道，然后给母亲注射了一针樟脑液。

“今晚，大夫您住哪里呀？”母亲像是在说梦话似的。

“还是在长冈。已经预订好了的，你就不用担心了。你这个病人呢，就不要去替其他人操心了，随你的性子想吃什么就多吃点吧。只有摄取了营养，病才会好的。我明天还会再来的。我留一个护士在这儿，有什么就吩咐她好啦。”老医生对着母亲大声说道，然后对直治使了个眼色，就起身站了起来。

直治独自去送医生和随行的护士，没过一会儿就回来了。一看他的脸就知道，他是强忍着才没有哭出来的。

五

我们悄悄出了病室，向饭厅走去。

“不行了，是吧？”

“真没劲。”直治扭着嘴笑了，“没想到一下子就衰弱得这么快。医生说，也许就在今天，或者明天，反正说不准。”

说着，直治的眼泪扑簌簌地滚落下来。

“不用给亲朋好友发电报吗？”我反而格外镇静地说道。

“关于这个，我也跟和田舅舅商量过，舅舅说，现在可不是那种一下子就能把人叫来的时代了。即便有人来，这么狭小的房子反而很失礼。再说附近也没有像样的旅店，就算长冈温泉吧，也最多只能预订到两三个房间。总之，我们已经穷得没能力去请那些大人物来了。舅舅本来也该马上就来的，但那家伙从来就是个吝啬鬼，根本靠不住。昨天晚上也是，竟然把母亲病重的事抛在一边，只顾着向我大肆说教。说实话，经那种吝啬鬼说教后能悔过自新的人，古今东西怕是绝无一例吧。尽管是姐弟关系，但那家伙与母亲简直是天壤之别，真让人讨厌。”

“不过，我倒无所谓，可你今后还得仰仗着舅舅呢……”

“免了吧。还不如当乞丐的好。倒是姐姐今后还得求着他吧。”

“我……”说着，我眼泪潸然而下，“我自有去处。”

“嫁人？已经定了吗？”

“不是的。”

“是自谋生路？哇，好一个劳动妇女。得了吧，得了吧。”

“也算不上自谋生路啦。我呀，要当一个革命家呢。”

“哎？”

直治一脸诧异的表情看着我。

这时，三宅医生带来的护士过来叫我了。

“夫人像是有事找你。”

我急急忙忙走进病室，坐在被褥旁边，把脸凑近母亲，问道：“怎么啦？”

但母亲想要说什么，又沉默了。

“是要水吗？”我问。

母亲轻轻摇了摇头，貌似并不是要水。过了一会儿，她小声说道：“我做梦了。”

“是吗？梦见什么啦？”

“梦见蛇了。”

我吓了一跳。

“套廊的换鞋石上，有条红色条纹的女蛇，对吧？你瞧瞧。”

我感到周身一阵发冷，起身走到套廊上，透过玻璃一看，换鞋石上果然有条蛇正沐浴着秋日的阳光，舒展着细长的身子。我眼睛发黑，一阵晕眩。

我认识你。与那时相比，你只是稍微变大了一点，变老了一点而已。你就是被我烧掉了蛇蛋的女蛇，对吧？你的报复，我已经彻底领教到了。就请你给我到一边去吧。赶快给我走吧。

五

我一边在心里默念着，一边注视着那条蛇。但那条蛇纹丝不动。不知为什么，我不想让护士看见那条蛇。于是，我一边咚咚咚地使劲跺着脚，一边故意用很大的嗓门说："没有呢，妈妈。梦里的东西，根本就靠不住。"

说着，我瞅了瞅换鞋石那边。只见蛇终于挪动身体，慢腾腾地从石板上滑落下去。

已经不行了。不行了。看见那条蛇之后，一种绝望感真切地涌上了心头。据说父亲去世的时候，枕边也有过一条黑色的小蛇，而且当时我也亲眼看见过，庭院的所有树上全都缠满了蛇。

母亲似乎已经没有力气坐起来，一直处于迷迷糊糊的状态中，整个身子完全瘫软在护士身上，而且食物也难以下咽了。看见蛇之后，该怎么说呢？我的心反倒赢得了穿越悲伤的深渊后才有的安宁，萌生出了一份与幸福感相近似的从容。到了这一步，我只想尽可能厮守在母亲身边。

从第二天开始，我就紧靠在母亲枕边而坐，一边织毛线。在毛线活和针线活上，我比一般人都更手脚麻利，但手艺很糟糕。遇到这种情况，母亲总是手把手地教我。那天，尽管我并没有心思织毛线，但为了一直黏在母亲身边而又不显得不自然，我只得装模作样地做点什么。于是就搬出毛线箱，装作心无旁骛地织起了毛线。

母亲仔细打量着我的手，说："是在织你的袜子吗？那得再加八针才行，否则穿起来会很紧的。”

小时候，无论母亲怎样教我，我都织不好，这不，此刻我就像回到了那个时候似的一阵慌乱，既感到羞愧难当，又感到怀念不已。啊，母亲再也不会像这样教我了——想到这里，泪水竟模糊了我的视线，连针眼都看不清了。

母亲这样躺着时，似乎一点也不痛苦。从今天早晨开始，她就没有进过食物，我只是不时用纱布浸一浸茶水，来给他润润嘴巴。不过，她的意识很清楚，还时不时很平静地跟我搭话。

“报纸上好像刊登了天皇陛下的照片呢，去拿给我看看。”

我把报上登有照片的那一页举到母亲跟前给她看。

“老了。”

“不是的，是照片没照好。不久前的照片就显得很年轻、很活泼呢。没准反倒为这样的时代而高兴吧。”

“为什么？”

“因为陛下这次也算是解脱了。”

母亲有些凄切地笑了。过了一会儿，她说：“我想哭，但眼泪都干涸了。”

我蓦然涌起一个念头，没准母亲现在是幸福的吧。所谓的幸福感，难道不是像沉没在悲哀的河底，发出幽然光线的沙金吗？穿过悲哀的极限，看见神奇黎明后的心情——如果这就是所谓的幸福感，那么，陛下、母亲，还有我，此时此刻就确确实实是幸

五

福的。静谧的秋日上午。洒满柔和光线的秋日庭院。我停下毛线活，眺望着齐胸高的大海波光粼粼的景色。

“妈妈，以前我一直都不懂人情世故。”我还想再多说点什么，但又怕被在角落里准备输液的护士听见了，自己会难为情，于是止住了。

“你说以前你……”母亲露出一丝浅笑，责问道，“那也就是说，现在你已经老于世故了，对吗？”

不知为什么，我的脸涨得通红。

“这人世间，可不好懂呢。”母亲转过脸去，自言自语似的小声说道。

“我是不懂。不过，又有谁懂呢？不管长多大，大家都还是孩子。什么都不会懂的。”

可是，我必须得活下去。也许我还只是个孩子，但已经不能再成天撒娇了。从今以后，我要与这世间抗争下去。啊，像母亲那样，与世无争，不憎恶，不妒忌，美丽而悲哀地终其一生——这样的人，母亲已是最后一个了。今后世上再也不可能有这样的人了吧。走向死亡的人是美丽的。而活着，特别是活下去，却是散发着血腥味的、丑陋而肮脏的事情。我幻想着，在榻榻米上有一条怀孕的蛇正在挖洞。不过，我仍旧对某些东西难以断念。就算是厚颜无耻也无所谓，我一定要活下去，为达成心愿而与世间抗争到底。自从知道母亲将不久于人世，我的浪漫主义和感伤情绪已逐渐消失，而变成了一个让人不敢麻痹大意的邪恶生物。

那天晌午过后，我在母亲身边给她润嘴巴时，一辆汽车停在了大门口。和田舅舅与舅妈一起从东京坐汽车赶了过来。舅舅走进病室，默默地坐在母亲的枕边。母亲用手绢遮住自己的下半张脸，一边端详着舅舅的面庞，一边哭着。但也仅仅是露出了哭相，而并没有流下眼泪。那感觉就像是一个偶人。

“直治在哪里？”过了一会儿，母亲看着我问道。

我来到二楼，看见直治正躺在西式房间的沙发上，读着新出版的杂志。我对他说：“妈妈在叫你呢。”

“唉，又到了悲伤的戏份了。你等竟能强忍着，一直待在那里。神经也真够大条的。要不，就是太薄情。我委实是痛苦不堪，内心炽热，却肉体羸弱，实在无力守在母亲身边。”

说着，他穿好上衣，和我一起从二楼下来了。

我们俩刚一并排坐在母亲枕边，母亲就突然从被子下面伸出手来，默默地指着直治，接着又指向我，然后把脸转向舅舅，将两个手掌使劲合在一起。

舅舅用力地点点头，说：“嗯，我明白了。明白了。”

母亲仿佛终于安下心来了似的，轻轻闭上眼睛，然后把手悄悄放进了被窝。

我哭了，直治也低着头呜咽起来。

这时，三宅老医生从长冈赶了过来，急忙给她打了一针。看

五

见了舅舅，母亲似乎已无所留恋，说道："医生，请早点让我解脱吧。"

老医生和舅舅面面相觑，一声不吭。两人的眼眶里早已泪光闪闪。

我起身走向饭厅，煮了舅舅喜欢吃的油豆腐乌冬面，给医生、直治和舅妈也各分了一份，一起送到了中式房间。然后把舅舅带来的礼物——丸之内酒店的三明治拿给母亲看，放在了母亲枕边。

"很忙吧。"母亲小声说道。

大家在中式房间闲聊了一阵后，舅舅和舅妈说有事必须得今夜赶回东京去，就把装着慰问金的纸包递给了我。而三宅也要和随身护士一起回去，就给留下来的护士吩咐了种种应急处理措施。他还说，病人现在意识还算清楚，心脏也还没有太过衰竭，所以仅靠注射也还能坚持四五天吧。当天，他们几个都坐汽车回东京去了。

送走他们后，我来到病室，母亲脸上露出只对我才有的那种笑容，小声嘟哝道："忙坏了吧？"

她的脸看起来是那么生动，毋宁说是神采奕奕。我想，见到了舅舅，想必她很高兴吧。

"才没有呢。"

我也按捺不住少许的兴奋，笑了。

而这竟然是我与母亲之间最后的对话。

那之后过了大约三个小时，母亲就闭上了双眼。在秋日静谧的黄昏，日本最后的贵妇人，美丽的母亲，就这样溘然长逝了。当时，护士正在给她把脉，而守护在她身边的，只有直治和我这两个亲人。

她的遗容几乎丝毫未变。记得父亲过世时，脸色还稍微有点改变，而母亲的脸色却毫无变化，只是呼吸停止了而已，以至于她什么时候停止呼吸的，也无法准确地判断。她脸上的浮肿从前一天起就已消退，整个脸庞就像蜡烛一般平顺光滑，薄薄的嘴唇微微有点歪斜，看起来就像是面带着微笑，比活着时的母亲显得更娇嫩和妩媚。我觉得，她就像《圣母怜子图》中的玛利亚。

五

六

战斗，开始。

不能一直沉溺于悲伤之中。有些东西需要我去奋力博取。新的伦理。不，即使这么说，也不啻一种伪善。恋爱。仅此而已。就像罗莎必须依靠新的经济学才能生存一样，我现在只有仰仗着恋爱才能活下去。耶稣为了揭露这世上的宗教家、道德家、学者、权威的伪善，为了毫不犹豫地向世人如实传递神的真爱，不惜将十二门徒派遣到四面八方。在我看来，当时他告诫门徒们的话语也在某种程度上适用于现在的我。

“腰带里不要带金银铜钱。行路不要带口袋，不要带两件褂子，也不要带鞋和拐杖……我差你们去，如同羊进入狼群，所以你们要灵巧如蛇，驯良像鸽子。你们要防备人，因为他们要把你们交给公会，也要在会堂里鞭打你们。并且你们要为我的缘故，被送到诸侯君王面前……你们被交出去的时候，不要思虑怎样说话，或说什么话，到那时候，必赐给你们当说的话。因为不是你们自己说的，乃是你们父的灵在你们里头说的……并且你们要为我的名，被众人恨恶，唯有忍耐到底的必然得救。有人在这城里逼迫你们，就逃到那城里去。我实在告诉你们，以色列的城邑你们还没有走遍，人子就到了。

“那杀身体不能杀灵魂的，不要怕他们，唯有能把身体和灵魂都灭在地狱里的，正要怕他……你们不要想，我来是叫地上太平，我来，并不是叫地上太平，乃是叫地上动兵刀。因为我来，是叫人与父亲生疏，女儿与母亲生疏，媳妇与婆婆生疏。人的仇敌，就是自己家里的人。爱父母过于爱我的，不配做我的门徒，爱儿女过于爱我的，不配做我的门徒。不背着他的十字架跟从我的，也不配做我的门徒。得到生命的，将要丧失生命，为我失丧生命的，将要得到生命。”〈1〉

战斗，开始。

如果我是因为恋爱，才发誓一定要完全遵从耶稣的教诲，也

〈1〉 见《圣经·新约全书·马太福音》第10章。

六

许会遭到耶稣的斥责吧。为什么“爱”是好的，而“恋”就是不好的呢？这我实在是懵然不知。总觉得两者并无区别。为了这懵然不知的“爱”和“恋”，为了这由此而生的悲哀，不惜让身体和灵魂都毁灭在地狱里的人。啊，我敢说，我就是这样的人。

在舅舅他们的协助下，我们没有告知其他的亲朋好友，便在伊豆安葬了母亲。在东京举行完正式葬礼后，我和直治又回到伊豆的山庄过上了说不清缘由的郁闷日子，就算两个人在同一屋檐下见了面也懒得开口说话。直治声称经营出版社需要资金，而拿走了母亲全部的珠宝，等他在东京喝得精疲力竭后，才带着重病似的苍白面容，跌跌撞撞地回到伊豆的山庄来睡觉。有一次，他还带了个舞女模样的人回来，搞得他自己也有些难为情。于是，我趁机说：“今天，我去东京行吗？好久没去朋友那里了，想去玩玩呢。要住上个两三天吧，你就负责看家好啦。烧饭什么的，就请那位代劳吧。”

不失时机地揪住直治的弱点，正所谓灵巧如蛇吧，我把化妆品、面包等全部塞进手提包，顺理成章地得到了上东京去见那个人的机会。

搭乘国营电车在东京郊外的荻洼站北口下车后，再走二十分钟左右，就可以抵达那个人在战后才住进的新居。这是我不露声色地从直治那里打听到的。

这是一个刮着凛冽寒风的日子。在荻洼站下车时，周围已经暗了下来。我不时拽住路人，说出那个人的地址后，请他们告诉我大致的方位。我踉踉跄跄地沿着沙砾路走了近一个小时，因为太过害怕，不禁眼泪潸然。这时，我突然被沙砾路的碎石绊了一下，结果木屐带子啪嗒一声就断了。我站在那里束手无策，无意中朝右手边的两家连檐屋望去，只见其中一家的门牌在夜色中泛着白光，上面貌似写着“上原”两个字。于是，我顾不得有只脚上只穿着袜子，就跑到那家屋子的玄关处，仔细一看门牌，上面的确是写着“上原”。不过，房子里却黑黢黢的。

该怎么办呢？瞬间我又怔住了，然后抱着破釜沉舟的心情，紧贴在格子门上，恍若要扑倒在上面似的。

“有人吗？”说着，我用两只手的指尖抚摸着格子门，低声嗫嚅道，“上原先生。”

这下有人应答了，却是一个女人的声音。

玄关的门从里面打开了。一个带有古典韵味的女人从昏暗的屋子里对着我笑了笑。她有一张细长的脸，看起来比我年长三四岁的样子。

“请问您是哪位？”

她问话的口吻里没有半点恶意和戒备。

“不，我，我是……”我没有说出自己的名字。唯独在这个人面前，我的恋爱带给我一种奇妙的内疚感。我战战兢兢地、近于卑屈地说，“先生呢？他不在家吗？”

六

她“啊”了一声，有些怜悯地看着我，说：“不过，他去的地方大都是……”

“很远吗？”

“不远。”她貌似觉得有些好笑，就用一只手捂住嘴巴说，“就在荻洼呢。车站前有一家名叫白石的关东煮小店，您只要去那里问，多半都能打听到他在哪里。”

我高兴得差点跳了起来，说道：“啊，是吗？”

“哎呀，瞧您的木屐！”

她带我走进屋子，坐在门口的木板台阶上。夫人递给我一根皮带子，就是那种叫作简易木屐带的东西，可以用来修复断了的木屐带。就在我用它修复木屐时，夫人点燃一支蜡烛，送到房门口，毫不介意地说：“真不巧，连电灯泡都烧坏了。最近的灯泡真是不管用，又贵又容易坏。要是我家先生在家的话，还可以叫他去买。可他昨天和前天晚上都没有回来，这已是第三个晚上了。因为身无半文，就只有早早睡觉了。”

夫人背后站着一个十二三岁的女孩。她大大的眼睛，瘦癯的身材，给人很怕生的感觉。

敌人。尽管我不这样认为，但想必这夫人和孩子总有一天会把我当作敌人来憎恨的。想到这里，我的爱情也骤然冷却下来。我系好木屐带，起身拍了拍手，抖落掉手上的尘土。倏然间，一种凄凉感猛地裹挟住了四周，让我感到不堪忍受。我内心一阵摇曳，犹豫着要不要冲进房子里，在黑暗中攥住夫人的手痛哭一场。但一想到那之后自己狼狈不堪的模样，就改变了主意。

“谢谢。”

我毕恭毕敬地鞠了个躬，然后走了出来。被冷风一吹，我顿时充满了斗志。战斗，开始。恋爱，喜欢，爱慕。真正地恋爱，真正地喜欢，真正地爱慕。因为恋爱，所以身不由己。因为喜欢，所以身不由己。因为爱慕，所以身不由己。那位夫人的确是一个少见的好人，那个小姑娘也确实漂亮。尽管如此，即便让我站上神的审判台，我也丝毫不觉得内疚。人本来就是为了恋爱与革命才降生到这个世上的。神也没理由来惩罚我。我没有一丁点不好。只因为真正喜欢，所以才敢理直气壮。为了见他一面，让我露宿两天三夜也在所不惜。

车站前果然有家名叫白石的关东煮店，一下子就找到了。但那个人不在店里。

“肯定是去了阿佐谷呢。你径直接去阿佐谷站的北口，对了，大约走一丁[1]半的路，就有一家五金店呢。再从那里往右拐进去，大约走半丁路吧，就可以看见一家叫柳屋的小餐馆。最近，先生和柳屋的阿舍打得火热，近乎成天泡在那里。真是没办法。”

我到车站买好票，坐上了开往东京的国营电车。在阿佐谷下

〈1〉 丁：日本长度单位，1 丁约合 109 米。

六

车后，从北口步行约一丁半路，再从五金店向右拐进去走半丁路，就看见柳屋静静地伫立在那里。

“方才刚离开的，和一大帮人一起。说是接下来要去西荻的千鸟大婶那里喝通宵呢。”

跟我说话的人比我还年轻和淡定，显得优雅而和蔼。莫非这就是传说中的阿舍，也就是与那个人打得火热的人吗？

“千鸟？在西荻的哪边？”

我心里很是忐忑不安，眼泪差点就滚落下来。我突然开始怀疑，此刻自己是不是已经疯了。

“尽管我不是很清楚，但据说是在西荻站下车，从南口出去往左拐的地方。总之，您到警亭去问问，就知道了吧。反正他不可能只喝一家就罢休的，没准去千鸟之前，就已经在哪家店喝上了也说不定。”

“那我去千鸟瞧瞧。再见了。”

我又开始折返回去。从阿佐谷乘坐开往立川的国营电车，途经荻洼，在西荻洼南口下车后，顶着冷风蹒跚向前。看见一个警亭，过去打听了千鸟的位置后，按照所指的方向，沿着夜路小跑了一阵。这时，千鸟的蓝色灯笼霍地映入了眼帘。我毫不犹豫地拉开了格子门。

进门是一个土间，往里有一个六铺席大的房间。只见烟雾缭绕，有十几个人围着房间里的大桌子在喝酒，还一边哇啦哇啦地喧闹着。其中夹着三个比我年轻的姑娘，在里面抽烟喝酒。

我站在土间放眼望去，终于看到他了。恍如是在做梦。不，不是的。时隔六年，他已变得完全判如两人。

这就是我的彩虹，M.C，寄托着我生命价值的那个人吗？六年了。蓬乱的头发依旧未变，却可悲地泛着红色，变得稀疏了。而且脸色发黄，面部浮肿，眼眶充血溃烂，门牙脱落，还不停地翕动着嘴巴，恍若一只老猴子弓着身子，蹲坐在房间的角隅里。

一个姑娘发现了我，用眼神告诉上原我来了。那个人就那样坐着，伸着细长的脖子看了看我，脸上毫无表情，只是用下巴示意我过去。在场的人似乎对我毫不关心，只顾继续大声地闹腾着。尽管如此，还是一一挪动屁股，给我腾出了一个地儿，让我坐在上原先生的右边。

我闷声不响地坐了下来。上原先生给我的杯子里斟满酒，随后又给自己的酒杯加满酒，用沙哑的嗓音低沉地说："干杯！"

两个酒杯轻轻碰在一起，发出了悲哀的咔嗤一声。

"吉罗钦、吉罗钦，咻噜咻噜咻、咻噜咻噜咻！"有人先这样喊道。接着，马上有另一个人回应道："吉罗钦、吉罗钦，咻噜咻噜咻、咻噜咻噜咻！"然后，两个人叮的一声碰了碰酒杯，各自一口饮尽。"吉罗钦、吉罗钦，咻噜咻噜咻、咻噜咻噜咻！"随即到处都响起了这莫名其妙的歌声，他们一个劲儿地碰杯痛饮，仿佛是要用这种戏谑的旋律来渲染气氛，硬要把酒灌进喉咙里。

六

“那我就先失敬了。”

刚有人这样说完，踉跄着回去了，马上又有新客人慢腾腾地走进来，只朝上原先生点个头，就一屁股挤进了那帮人中间。

“上原先生，那个，上原先生，那个，啊啊啊的地方，你觉得该怎么说才好呢？是啊、啊、啊，还是啊啊、啊？”

探出身子发问的，是新剧演员藤田。我也在舞台上见过他。

“是啊啊、啊。比如，啊啊、啊，千鸟的酒真是不便宜啊。就像这样呢。”上原先生说道。

“净说钱的事。”一个姑娘说道。

“所谓‘两个麻雀不是卖一分银子吗[1]’，你说，这是贵，还是便宜？”一个年轻绅士说道。

“不是也有‘倘若不一厘钱都偿清的话’这样的说法吗？还有很多复杂的比喻，例如‘一个给了五千，一个给了两千，一个给了一千[2]’，由此看来，耶稣也是精于算计的呢。”另一个绅士说道。

“再说，那家伙还是个酒鬼呢。我纳闷的是，《圣经》里为什么关于酒的比喻多得出奇，里面还收录了这么一句责难他的话：‘瞧，这个嗜酒之人！’请注意，不是说‘饮酒之人’，而是‘嗜酒

〈1〉 见《圣经·新约全书·马太福音》第10章。
〈2〉 见《圣经·新约全书·马太福音》第25章。

之人'，想必他是个喝酒高手。至少该有一升酒的酒量吧。"又一个绅士说道。

"好啦好啦，别说了。啊啊、啊，你们因为怕受到谴责，就拿耶稣来做挡箭牌。千惠姑娘呀，来，我们喝吧。吉罗钦、吉罗钦，咻噜咻噜咻、咻噜咻噜咻！"

说着，上原先生就和最年轻漂亮的那个姑娘使劲地碰了一下杯，然后一饮而尽。酒从他的嘴角滴落下来，打湿了他的下巴。他有些自暴自弃地胡乱用手掌抹了一把，然后连续打了五六个大喷嚏。

我悄悄站起来，走到隔壁房间，向老板娘打听厕所在哪里。老板娘脸色苍白，身材消瘦，貌似有病在身。回来经过那个房间时，我看见刚才那个最年轻漂亮的千惠姑娘就站在门口，好像在等着我。

"你肚子饿了吗？"她问道，脸上挂着亲切的笑容。

"嗯。不过，我带了面包来的。"

"尽管这里没什么好吃的，"病恹恹的老板娘紧靠在长方形的火盆旁，懒洋洋地斜坐着，"您就在这个房间用餐吧。您要是陪着那帮酒鬼喝的话，那一晚上都别想吃饭了。请坐吧，上这儿来！千惠也一起坐过来吧。"

"喂，阿绢啊，没酒了哟。"一个绅士在隔壁喊道。

"来了，来了！"

六

应声回答的，是那个叫阿绢的女佣。她约莫三十岁，穿着漂亮的条纹衣裳。只见她用盘子托着十来个酒壶从厨房里走了出来。

“等等，”老板娘叫住了她，笑着说，“给这儿也来两壶。对了，阿绢，对不起，再麻烦你去一趟后街的铃屋，要两碗乌冬面来，快点哟！”

我和千惠姑娘并排坐在火盆旁烤手。

“请铺上褥垫吧。天变得好冷呀。您不喝点吗？”

老板娘把酒壶里的酒倒进自己的碗中，然后又给另两只碗也斟上酒。

然后，我们三个人默默地喝了起来。

“大家都真是好酒量呀！”不知为什么，老板娘竟用平静的口吻这样说道。

这时，响起了嘎吱嘎吱的开门声。

“先生，我拿来了。”传来一个年轻男子的声音，“我们社长呀，可会算计了。我一再说要两万日元，可他死活就只给一万。”

“是支票吗？”这是上原先生的沙哑嗓音。

“不，是现金。对不起啊。”

“啊，没什么，我给你写个收据吧。”

在此期间，一屋子的人依旧不绝于耳地唱着那首干杯歌：“吉罗钦、吉罗钦，咻噜咻噜咻、咻噜咻噜咻！”

“阿直呢？”突然，老板娘一脸严肃地问千惠道。

我内心不禁咯噔了一下。

“不知道呢。我又不是负责看管阿直的。”千惠有些惊慌失措，一张脸涨得通红，让人顿生怜悯。

“这阵子，莫非他与上原先生闹了什么别扭？以前总是形影不离的呢。”老板娘镇静地说道。

“说是迷上了跳舞。没准是和舞女勾搭上了也说不定呢。”

“说到阿直，唉，可是又酗酒又玩女人，真拿他没办法。”

“那都是先生一手教出来的。”

“不过，阿直的秉性更糟糕。像他那种没落少爷……”

“对了……”我微笑着插嘴道，因为我觉得，再这样沉默下去，反而是对她们两位的不敬，“我呀，是直治的姐姐。”

老板娘似乎吃了一惊，重新打量着我。倒是千惠表现得很坦然，说道：“怪不得长得那么像。看见您站在昏暗的土间里时，我真是吓了一跳。还以为是阿直呢。”

“原来是这样啊？”老板娘改变了口吻说道，“这么寒碜的地儿，真难为您来了。那么，您和那个上原先生，是老相识啰？”

“嗯，六年前见过……”我吞吞吐吐地说着，低下头，差点就潸然泪下。

“让你们久等了。”女佣端来了乌冬面。

“快吃吧，趁热。”老板娘劝我快吃。

“那我就不客气了。”

六

我一头埋进乌冬面冒出的热气中，呼哧呼哧地吃了起来。此刻，我觉得自己咀嚼到了生存的无限凄凉。

吉罗钦、吉罗钦，咻噜咻噜咻、咻噜咻噜咻。上原先生一边这样低声吟唱着，一边走进我们这个房间，在我旁边盘腿坐下，一声不响地把一个大信封交到老板娘手里。

老板娘也不打开信封瞧瞧，就一下子塞进了长方形火盆的抽屉里，笑着说："就这么点呀，剩下的可别赖账哟。"

"会拿来的。剩下的，就明年给你了。"

"又拿这种话来搪塞。"

一万日元。这些钱，能买多少只灯泡啊。如果有这么些钱，都够我过活一年了。

啊，这帮人准是哪里出了毛病。不过，话说回来，或许就跟我的恋爱一样，他们不这样做，就活不下去吧。人既然降生到这个世上，那就不能不活下去。如果是这样，那这帮人为了活下去而做出的行为也就不应该遭到憎恶。活下去。活下去。这是一个多么难以忍受，甚至叫人气息奄奄的宏大事业啊。

"总之，"隔壁的绅士说道，"要想今后在东京混下去，跟人打招呼时不能把'你好'坦然地戏说成'尼好'，那是不行的。要求现在的我们具备稳重、诚实之类的美德，就等于是在拽拉上吊自杀者的后腿。稳重？诚实？呸，去他的吧。这不是让人没法活下去吗？若是不能轻松地说出'尼好'，那就只剩下了三条活路：

一是回家种地，二是自杀，三是被女人包养。”

“对于这三样都做不到的家伙来说，至少还有最后一招。”另一个绅士说道，“那就是让上原先生请客，喝个痛快。”

吉罗钦、吉罗钦，咻噜咻噜咻，吉罗钦、吉罗钦，咻噜咻噜咻。

“没地方可住，是吧？”上原先生自言自语似的嘟哝道。

“是问我吗？”

我意识到自己心中有条毒蛇正扬起镰刀一样的脑袋。敌意。我因某种近于敌意的情感而绷紧了身体。

“和大伙儿挤在一块儿睡，能行吗？这天也真够冷的。”上原先生对我的生气视而不见，咕哝道。

“这怎么可以啊？”老板娘插嘴道，“也太委屈她了吧。”

上原先生咂了一下舌头，说：“如果是那样，原本就不该到这种地方来的。”

我沉默着。这个人是肯定读过我的那些信的。而且从他说话的氛围中我很快就觉察到，他比任何人都爱我。

“真是没办法。那就去拜托福井先生帮个忙吧。千惠姑娘，你能带她去吗？算了，都是女人，路上不安全。还真是麻烦呢。大婶，请把这个人的木屐挪到厨房那边去吧。我这就送她过去。”

外面已是深夜了。风已收敛了几分，天空中缀满了闪烁的星星。我们并肩走着。

六

"其实，大伙儿挤着睡，也没关系的。"

上原用困倦的声音"嗯"了一声。

"您是想和我两个人单独在一起，对吧？"说着，我笑了。

"正因为这样，所以才讨厌嘛。"

上原先生撇着嘴，露出了苦笑。我真切地意识到，他是疼爱我的。

"您喝的酒真是不少呢。每天晚上都这样？"

"是的，每天都这样。一早就开始喝。"

"好喝吗？酒这东西。"

"可难喝了。"上原先生这么说道。不知为什么，他的声音竟让我毛骨悚然。

"那工作呢？"

"糟糕透顶。无论写什么，都觉得很无聊，悲哀得不行。真可谓生命的黄昏。艺术的黄昏。人类的黄昏。其实，这样说也是一种矫情吧。"

"郁特里罗[1]。"我几乎是无意识地脱口而出。

"啊，郁特里罗。好像还活着呢。这个酒精的亡灵。眼下只剩下一具尸骸。最近十年，他的画真是俗不可耐，没有一幅像样

〈1〉 指莫里斯·郁特里罗（1883—1955），法国风景画家。相对于他的作品，其一生的经历似乎更具传奇性，曾因酗酒而被学校开除，被银行解雇，甚至一度住进疗养院。

的。”

“不光是郁特里罗吧？其他的艺术家们不也全都……”

“是的，都衰退了。而新芽们也依旧是新芽，羸弱不堪。霜。Frost〈1〉。貌似整个世界都结了一层不合时宜的霜。”

上原先生轻轻搂着我的肩膀，以至于我的身体就像是被上原先生用和服外套的衣袖给包裹了起来。我没有拒绝，反倒更紧贴着他，慢慢地走着。

路旁树木上的枝头。光秃秃的树枝纤细而尖锐地戳向夜空。

“树枝，可真美呀。”我不由得兀自嘟哝道。

“嗯，特别是花儿与黝黑的树枝搭配在一起。”他说道，显得有些莫名的惊慌。

“不，我喜欢这种树枝，没有花，没有树叶，也没有新芽，什么都没有。尽管如此，不也活得好好的吗？跟枯枝可不一样呢。”

“只有自然是不会衰弱的吧？”说着，上原先生又接连打了好几个喷嚏。

“不会是着凉了吧？”

“不，不，才不是的。实际上，这是我的一个怪毛病，只要酒精达到饱和点，就会马上打这种喷嚏。就像是酒精的警示器

〈1〉 英文，意为“霜”。

六

吧。”

“那恋爱呢？”

“哎？”

“您有吗？某个让您达到饱和点的人。”

“什么呀？可不准取笑我哟。女人都一样，没有省油的灯。吉罗钦、吉罗钦，咻噜咻噜咻。说来，实际上有一个呢。不，只能算半个吧。”

“您看过我的信了？”

“看了。”

“您的回答呢？”

“我讨厌贵族。总觉得他们身上有着某种令人作呕的傲慢劲儿。令弟阿直作为贵族，也算是个成大器的男人了，但不时也会突然表现出让人束手无策的狂妄。我嘛，是个乡下农民的儿子，只要一路过这样的小河边，就会想起小时候在故乡小河里钓鲫鱼和捞鲻鱼的往事，顿时觉得好难受。”

小河在黑暗深处流淌着，发出幽微的轻响。我们沿着小河边的路往前走。

“不过，你们贵族不仅不可能理解我们的感情，还嗤之以鼻，加以轻蔑。”

“那屠格涅夫[1]呢？”

“那家伙是贵族。所以，我才讨厌他的。”

“不过，他的《猎人笔记》倒是……”

“嗯，唯独那本书还算不错……”

“它描写的是乡村生活的感伤……”

“那折中一下，就算那家伙是个乡村贵族吧。”

“我现在也是一个乡下人，还种田干活呢。堪称乡下的穷人吧。”

“那你现在还喜欢我吗？”他用粗暴的语气问道，“还想要我的孩子吗？”

我没有回答。

他的脸以山岩崩塌之势凑了过来，不容分说地吻了我。那是散发着性欲气息的一个吻。我一边接受它，一边流下泪来。这是带着屈辱和悔恨的苦涩眼泪。泪水夺眶而出，止也止不住。

我们俩又继续并肩前行。

“真是失策。我也迷上了你。”说着，他笑了。

但我笑不出来，只是蹙紧了眉头，撅起了嘴角。

真拿他没办法。

〈1〉 屠格涅夫（1818—1883）：出身于贵族家庭的俄国作家。代表作有《猎人笔记》等。

六

如果要用语言来表述，就是那样一种感觉吧。我注意到，自己拖着木屐的双脚早已乱了步伐。

“真是失策。”那个男人又说了一次，“管他的，就走一步算一步吧。”

“真够矫情的。”

“你这家伙。”

上原先生用拳头在我肩膀上捅了一下，随即又打了个大喷嚏。

福井先生的家到了。貌似里面的人都已经躺下睡了。

“电报，电报。福井先生，有您的电报哟。”上原先生大声吼叫着，敲了敲玄关的门。

“是上原？”房子里传来了男人的声音。

“是的。王子和公主来求您留宿一夜了。天一这样冷下来，就净打喷嚏，搞得这出私奔好戏也变成了滑稽剧。”

玄关的门从里面打开了，站着一个年过五旬、有些秃顶的小个子男人。他穿着花里胡哨的睡衣，面带有些奇怪的腼腆笑容迎接我们。

“拜托了。”上原先生一说完，斗篷也没脱下便走进了屋子里。

“画室太冷受不了，我们就借住二楼吧。快过来。”说着，他拉住我的手，穿过走廊，在走廊尽头拾级而上，就进入了一个黑暗的房间，随即按下了开关。

“就像是高级餐馆的房间呢。”

“嗯，完全是暴发户的趣味。不过，这房间拿给他那种蹩脚画家，也够可惜的。他算是贼运亨通，一路顺畅吧。这么好的房间，不用也是白不用，快睡吧，睡吧。”

就像在自个儿家一样，他毫不客气地拉开壁橱，取出被褥来铺在地上。

“就睡在这里吧。我回去了。明天早晨我来接你。厕所在下完楼梯紧靠右边的地方。”

说完，他就像是从楼梯上滚落下去似的，发出一阵哒哒哒哒的噪音。然后，就突然安静了下来。

我摁下电灯开关，熄了灯，脱掉用父亲从国外带回的布料所缝制的天鹅绒大衣，只松开腰带，和服也没脱就钻进了被窝。不光因为疲惫，可能还因为喝了酒吧，整个身体都瘫软无力，很快就迷迷糊糊地睡着了。

不知什么时候，那个人已躺在了我身边……有近一个小时，我都在拼命地做着无声的抵抗。

突然间觉得他好可怜，也就放弃了抵抗。

“如果不这样，您就没法安心吧。”

“嗯，算是吧。”

“您呀，是不是搞坏了身体？还咯血了，对吧？”

“你怎么知道？实际上，前不久咯了不少的血呢。但我对谁都没有讲。”

六

“因为您身上散发出与我母亲去世前同样的气味。”

“我是抱着死的念头才使劲喝酒的。活着，让我悲伤得难以忍受。这悲伤不像寂寞和凄凉那样还留有余地。当四周的墙壁都传来阴森可怕的叹息声时，怎么可能存在着唯我独有的幸福呢?当你知道，活着绝不可能赢得自己的幸福和荣誉时，人会陷入怎样一种心境呢？努力。努力这东西只会成为饥饿野兽的饵料。悲惨的人太多了。莫非这也是矫情？”

“不是的。”

“恐怕就只剩下了恋爱。就像你信中所说的那样。”

“是的。”

我的爱情消失了。

天亮了。

屋子里有了微明的光线。我仔细打量着睡在我身边的这个人的脸。一副不久于人世者的面容。一张精疲力竭的脸。

牺牲者的脸。高贵的牺牲者。

我的人。我的彩虹。我的孩子。可憎的人。狡黠的人。

在我眼里，这是一张世上绝无仅有的、非常非常美丽的脸。仿佛爱情又重新复苏了，我的心怦怦直跳，一边抚摸着他的头发，一边主动亲吻了他。

这是可悲爱情的实现。

上原先生闭着眼睛，搂抱住我，说道：“我确实有些扭曲。因为我是农民的儿子。”

我已经离不开这个人了。

“我，现在可幸福了。即便周围的墙壁充斥着哀叹之声，我此刻的幸福感也同样达到了饱和点。我幸福得又要打喷嚏了。”上原先生突然呵呵笑了，“不过，已经太晚了。已经是黄昏了。”

“明明是早晨呢。”

而就在那天早晨，弟弟直治自杀了。

六

七

直治的遗书。

姐姐：

我已经无可挽救。我先走一步了。

我实在想不明白，自己凭什么必须得活下去呢？

想活下去的人，就活下去好啦。

就如同人有生存的权利，人也理应有死亡的权利。

我的这种想法一点也不新鲜，毋宁说是理所当然而又最起码的事实。只是人们对此感到莫名的恐惧，不肯明目张胆地说出来而已。

想活下去的人，无论干什么都必须坚强地活下去，这的确很了不起，想必被誉为人类之荣耀的东西也就存在于其中吧，但我觉得，死亡也并非罪恶。

我，我这棵草，很难生存在这个世上的空气与阳光中。要想生存下去，总觉得欠缺了某些东西。我活到今天，已经是拼尽了全力。

我进入高中后，才开始和那些与我成长于完全不同阶级的人交往，他们都像野草一样坚毅和强悍。为了不被他们的气势所压倒所打败，我开始服用麻药，近于半疯狂地抵抗他们。后来我成了士兵，在那里，我把服用鸦片当作了生存的最后手段。我这种心情，姐姐是不会懂的吧?

我想变得粗俗，变得强大，不，是想变得残暴。我认为，这才是我能够成为民众之友的唯一途径。光靠喝酒，是办不到的。必须一直让自己头晕目眩。为此，除了嗑药找不到其他办法。我必须忘记家庭，必须反抗父亲的血统，必须拒绝母亲的温柔，必须对姐姐保持冷漠。否则，我就拿不到进入民众之家的入场券。

于是，我如愿变成了粗俗之人，开始滥用粗俗的言辞。但其中的一半，不，其中的百分之六十，都无异于可悲的赝品，拙劣的伎俩。在民众眼里，我依旧是个矫揉造作、假装正经、

七

性格阴郁的家伙。他们绝不会敞开心扉与我坦诚交往。可事已至此，我又不可能再回到被我摈弃的沙龙。如今，即使我的粗俗有百分之六十是人工的赝品，但其余的百分之四十已是不折不扣的真货。对所谓上流沙龙那种臭不可闻的优雅，我恶心到几近呕吐，片刻也不能忍受，与此同时，那些号称高官显贵的人们也会讶异于我举止的粗俗，而将我立马驱逐吧。我不可能回归到已舍弃的世界，而只能被民众赐予一个彬彬有礼但恶意遍布的旁听席。

无论哪个时代和社会，像我这种没有生活能力，并有缺陷的草，压根就不具备什么狗屁思想，兴许注定了只能自然灭亡的命运，但我也自有我的说辞。我感觉到，是某些客观情况让我难以活下去的。

所有的人都是一样的。

这真的算得上一种思想吗？我觉得，发明这一奇怪话语的人，既不是宗教家，也不是哲学家，亦非艺术家。想来，它是发端于民众的酒馆。也不知是出自何人之口，反正它就像蠕动的蛆虫一般，源源不断地涌向外面，不知不觉地裹挟了整个世界，让一切都变得阴郁而灰暗。

这句奇怪的话语，其实和民主主义，还有马克思主义，都毫无关系。它肯定是在酒馆里那些丑男人向美男子发出的怨词詈语。其诉诸的只是一种单纯的焦虑、一种嫉妒，而绝不是思想或者别的什么。

不过，酒馆里这种源于嫉妒的谩骂声，却奇怪地摆出一副饶有思想的面孔，大肆通行于民众之中。它原本与民主主义和马克思主义丝毫无关，但不知何时，与那些政治思想、经济思想搅和在一起，导致情况变得出奇地愚劣和鄙俗。对于将如此荒唐的言论拿来冒充思想的勾当，也许就连梅菲斯特〈1〉也会因良心谴责而有所顾忌吧。

所有的人都是一样的。

这是一句多么卑屈的话语啊。它在贬低他人的同时，也贬低了自我，没有任何的自尊，让人放弃所有的努力。马克思主义主张劳动者的优越地位，而并没有说所有的人都是一样的。民主主义主张个人的尊严，也没有说所有的人都是一样的。唯有皮条客才会说："嘿嘿，无论怎么装腔作势，人不也都一样吗？"

为什么要说"人都一样"，而不能说"谁更优秀"呢？这分明是奴隶劣根性的复仇。

不过，这句话实在是又猥亵又可怕。它让人们相互畏葸，让所有的思想都遭到亵渎，让努力遭到嘲笑，让幸福遭到否定，让美貌遭到玷污，让光荣遭到剥夺。我认为，所谓"世纪的不

〈1〉 梅菲斯特：德国作家歌德著名长诗《浮士德》中的魔鬼。

七

安”都源于这句奇怪的话语。

尽管我讨厌这句话，但同时又被这句话所胁迫，并因恐惧而周身颤抖，无论干什么都羞怯难当，惴惴不安，心跳加速，找不到栖身之处。于是，索性仗着酒精和麻药的晕眩来换取瞬间的安宁，结果把自己搞得一塌糊涂。

是我太软弱了吧？要知道，我是有着某种重大缺陷的草呢。即便我举出这些歪歪道理，皮条客也同样会笑着说，瞎扯什么呀，你原本就是一个贪图玩乐之人，一个大懒虫，一个好色鬼，一个自私的享乐主义者。就算遭到这种抢白，过去我也只会因害臊而含糊地点点头，但如今在这临死之际，我想留下一句抗议的话。

姐姐，请相信我。

即便沉溺于玩乐，我也一点都不快乐。也许是患了快乐阳痿症吧。我只是想从自己的贵族影子中逃离出去，才这样发疯地玩乐和颓废的。

我们到底是否有罪呢？生为贵族，难道是我们的罪孽吗？只因出生在那个家庭，我们就不得不永远像犹大的家人一样畏畏缩缩，不断谢罪，羞愧地活下去。

我应该早点死掉才好。但母亲的爱是我唯一的羁绊。一想到这里，我就不能死了。人拥有自由生存的权利，同时也拥有随时都任性死去的权利。尽管如此，我还是认为，在母亲活着时，这种死的权利只能被保留起来，否则，意味着它同时也会杀死“母亲”。

现在，即便我死去，也不会有人悲恸得伤害身体。不，姐姐，其实我知道，失去我以后，你们会有多么悲痛。不，还是丢掉那些虚饰的感伤吧。知道我的死之后，你们肯定会痛哭的，但你不妨想象一下我活着的痛苦，还有我从这种讨厌的生活中得到完全解脱后的喜悦。这样一来，我想，你们的那种悲痛就会逐渐解消和平息的。

肯定有人会摆出一副自鸣得意的面孔来谴责我的自杀。他们口口声声说，我应该活下去，却从未向我伸出援助之手。想必这些人乃是可以满不在乎地劝说天皇陛下开一家水果铺的伟人。

姐姐。

我还是死了的好。我缺乏所谓的生活能力。无力因金钱而与人争斗，甚至连敲竹杠都不会。即使和上原先生一起玩，我的账单也都是自己支付的。上原先生把这归结为贵族狭隘的自尊心，一副嫌弃的样子，但我并不是出于自尊心才付账的，而是不敢用上原先生辛苦工作挣来的钱去无聊地吃喝或玩女人。简单地说，这都是因为尊敬上原先生的工作。可一旦这么说，又觉得是在撒谎，其实，就连我自己也不清楚个中究竟。只觉得被人请客是一件很可怕的事。尤其是别人用他的辛苦钱来请

七

客，我更是觉得特别难堪，特别心塞，无法忍受。

于是，只有把家里的钱和物品拿出去变卖，给母亲和你带来了痛苦，而我自己也并不快乐。所谓经营出版社的计划，也不过是掩饰愧疚的门面话。实际上，根本就不是真心想做。对一个不敢坦然接受请客的人来说，即便真心去做，也肯定是赚不到钱的。关于这一点，不管我多么愚蠢，也还是有自知之明的。

姐姐。

我们已经很穷了。我曾想趁自己还活着时去款待别人，但落到了不依靠别人的款待就活不下去的地步。

姐姐。

既然如此，我为什么还必须得活着呢？我已经没救了。我还是去死吧。有种药可以让人轻松地死去。是我当兵时弄到手的。

姐姐是那么美丽（我一直以美丽的母亲和姐姐为傲）、那么聪慧，所以我对姐姐的事毫不担心。是的，我甚至没有资格来担心你。因为那就跟强盗关心被盗者一样，只会叫人面红耳赤。我想，姐姐肯定会结婚生子，依靠丈夫来生活下去吧。

姐姐。

我有一个秘密。

长期以来，我都深埋在心间，即使在战场上，我也满脑子都想着那个人，总是梦见那个人。不知多少次我睁眼醒来，都发现自己满面泪痕。

至于那个人的名字，就算嘴巴烂掉，我也不敢告诉任何人。现在我就要死了，我琢磨着，至少要清楚地告诉姐姐吧，但还是觉得很可怕，不敢说出那个名字。

不过，若是把这件事作为绝对秘密而深藏在胸间，到死都不告诉任何人，那么，我总觉得，即便我的整个身体被火化成灰，唯独胸口这个部位也绝不会被烧尽的，还会散发出一股腥臭味吧。这让我备感不安，所以打算只告诉姐姐，就像讲述一个虚构的故事，采取婉转而含糊的叙述策略。然而，即便说是虚构的故事，想必姐姐也应该察觉到了她是谁。因为与其说它是虚构的故事，不如说只是换了个假名来稍加掩饰而已。

姐姐，你已经猜到了吧？

姐姐应该知道那个人，但或许没有见过面吧。她比姐姐还要年长一点。单眼皮，丹凤眼，从不烫头发，总是梳着那种不起眼的发型，大概就叫垂髻吧。尽管穿着寒酸的衣服，却并不邋遢，总是显得整洁而利落。她是一位中年画家的夫人。战后，她丈夫借助新画法接连发表了不少作品而一举成名。尽管这个西洋画家举止粗俗，行为放荡，但这位夫人强装镇静，在生活中始终保持温柔的微笑。

我站起身说：“那我这就告辞了。”

七

那个人也站起来，毫无戒备地走到我身边，仰头看着我问：“为什么？”

她用平常的嗓音说道，就像是真的不明白一样稍歪着头，好一阵子都凝视着我。而且她的眼睛里看不到任何邪念和虚饰。就我的性格而言，原本只要与女人目光相遇，就会惊慌失措地挪开视线，但唯独这一次，我一点也不感到害羞，虽然两个人的脸只有一尺之隔，但我开心地一直注视着她的眼睛，长达六十秒甚至更久。然后，我微笑着说：“不过……”

“他马上就会回来的。”她依旧一脸认真的表情。

我突然想到，所谓诚实，不就是指这种感觉的表情吗？它绝不是那种修身教科书式的陈腐道德。毋宁说，原本由诚实这个词语所表达的德行，正好就是这种可爱的东西。

“我下次再来。”

“这样啊。”

自始至终，都贯穿着这种再普通不过的对话。某个夏日的午后，我去那个画家的公寓拜访，结果画家外出不在，夫人告诉我，他会马上回来的，建议我进屋去等画家回来。于是，我照夫人说的那样进到屋子里，浏览了大约三十分钟的杂志，见画家还没有回来的迹象，就站起身来说“那我这就告辞了”。仅此而已。但我痛苦地爱上了那一天那一刻的那一双眼睛。

用高贵来形容，应该没错吧。我周围的贵族中，除了母亲之外，没有一个人能有那种毫无戒备的“诚实”眼神。唯有这一点我敢斗胆断言。

那以后，某个冬天的傍晚，我被那个人的侧影所深深地打动。还是在那个画家的公寓里，我一大早就陪着画家坐在被炉里喝酒，边喝边把日本的所谓文化人士骂个狗血喷头，还笑得前仰后合。不一会儿，画家就倒下打起了鼾，我也躺下变得迷糊起来。这时，我发现有人给我盖上了软乎乎的毛毯。我眯缝着眼睛一看，只见东京冬天黄昏时的天空一片浅蓝，清澈如水，而夫人正抱着她女儿，悠闲地坐在公寓的窗边。她端庄的侧影在黄昏浅蓝色天空的映衬下，就像文艺复兴时期的侧影画那样浮现出清晰的轮廓。她悄悄给我盖上毛毯的善意中，既不带任何情色意味，也没掺杂其他的欲念。啊，“人性”这个词，不就是用在这种时候，才倍显生命力的词语吗？她只是出于一个人理所应有的关爱之心，近于无意识地做出了那个举动。此刻，她眺望着远方，安静得恰似一幅画作。

我闭上眼睛，因思念和渴慕几近疯狂，泪水夺眶而出，索性用毛毯蒙住脑袋。

姐姐。

我之所以去画家那里，最初完全是因为醉心于他作品的特殊笔法，以及背后潜藏的疯狂激情。但随着交往的加深，我不禁对他的缺乏教养、信口开河与卑鄙无耻而大失所望，相反，

七

倒是被他夫人的美好心性所吸引，不，毋宁说我爱恋与倾慕着她内心满含的正当的爱。到后来，我是因为渴望见到夫人，才去造访那个画家的。

如今我甚至认为，倘若那画家的作品里还多少散发着艺术的高贵气息，那也不啻夫人善良内心的反映罢了。

现在就把我自己的感受如实说出来吧，其实，那个画家是一个嗜酒如命和贪图玩乐的投机商人。只因需要钱来大肆挥霍，他才肯在画布上乱涂一气，并趁着流行之势故作姿态，待价而沽。那家伙所拥有的特长，不外乎是乡巴佬的厚颜无耻、愚蠢的自信和奸诈的商业才能。仅此而已。

也许那家伙对其他人的画，不管是外国人的画，还是日本人的画，都一窍不通吧。而且就连对自己画的是什么，也懵里懵懂吧。只是为了得到享乐的玩资，才拼命把颜料涂抹到画布上。

更让我吃惊的是，他居然对自己的那些胡言乱语深信不疑，没有半点羞愧和惧怕。

他只顾着自鸣得意。既然他对自己的画都懵然不懂，更不可能对别人作品的长处有一知半解了。所以，他能做的就只有贬低别人。

总之，尽管他口口声声说，自己的颓废生活如何痛苦，但实际上，这个混蛋乡巴佬因来到久已向往的都市，取得了自己也没有想到的成功，所以一下子得意忘形，而只顾着寻欢作乐了。

我有一次对他说："看到朋友都在偷懒玩耍，唯有自己在用功学习，我就会很难为情，感到害怕，所以即使不想玩，也忍不住混入他们中间一起玩了。"

听我这么一说，这个中年画家回答道："哎？这就是所谓的贵族气质吧，真讨厌。我是看见别人玩，觉得自己不一起玩的话，未免不划算，所以才使劲玩的。"

他一脸坦然的表情。当时，我打心眼里瞧不起这个画家。是的，他的放荡中缺失的是苦恼。毋宁说只是把无聊的游玩作为骄傲的资本。不愧是个真正愚蠢的享乐主义者。

不过，说再多这个画家的坏话，也都跟姐姐毫不搭界，更何况在这将死之际，一想到与他长久以来的交往，还是不禁萌生怀念之情，涌起了想再见一面、一起玩玩的冲动。是的，我对他已没有半点憎恨。再说，他也有着寂寞之人的种种优点，在此我就不再多说什么了。

我只是想让姐姐知道，我曾因爱上他的夫人而神思恍惚，陷入痛苦。即使姐姐知道了这件事，也不必告诉什么人，更不必为了达成弟弟生前的夙愿而去矫情地多管闲事。所以，只要姐姐一个人知道这件事，并悄悄在心里想"原来是这样啊"，那我就心满意足了。如果说我有什么奢望，那就是——听到我这

七

没脸见人的告白后，至少姐姐能更深地了解我之前活着的痛苦，那么，我将不胜欣慰。

我曾梦见自己与夫人手牵着手，并且发现夫人也是很久以前就喜欢上了我。即便从梦中醒来后，我的手心里还残留着夫人手指的温暖。仅此我已心满意足了，觉得应该断念了。这倒不是因为害怕道德，而是惧怕那个半疯狂的，不，应该说是完全疯狂了的画家。我想就此罢休，把胸中的热火引向别处，所以饥不择食地与各种女人鬼混，以至于有天晚上，就连那个画家也不得不对我的行为蹙紧了眉头。我千方百计地想逃离那个夫人的幻影，想忘记她，想看淡一切，但就是做不到。结果我发现，自己是个只可能爱上一个女人的男人。我可以坦白地说，我从不觉得夫人的其他女性朋友是美的，或者可爱的。

姐姐。

死之前，请允许我写一次吧。

……阿菅。

这是那位夫人的名字。

昨天，我带了一个压根就不喜欢的舞女(这女人有着一种天生的愚蠢)到山庄来。不过，绝不是为了今天早晨自杀才来的。尽管我的确打定主意要在近期辞别人世，但昨天把女人带回山庄，是因为她缠着我要出来旅行，而我也厌倦了在东京厮混，所以就想不妨和这个愚蠢的女人在山庄待上两三天。虽说会给姐姐带来一些不便，但还是一起来了，恰好姐姐要出门去东京的朋友家，这让我突然意识到，如果要死，就不如趁这个时机吧。

以前我一直都想死在西片町的家里，因为我不愿死在大街上或荒野里，让自己的尸体被一群看热闹的人瞎折腾。但西片町的家已经转让给别人，如今我只有死在这山庄里。不过，一想到姐姐会是第一个发现我尸体的人，不知会有多么惊愕与恐惧，我的心情顿时沉重起来，觉得千万不能在只有姐姐和我两个人待在山庄的夜晚自杀。

啊，这是一个千载难逢的机遇。恰好姐姐不在，将由大脑迟钝的舞女来代替姐姐成为我自杀的发现者。

昨天晚上，两个人喝完酒，我把女人打发到二楼的西式房间睡觉，自己则独自在母亲过世的一楼房间里铺好被褥，然后就着手写这篇手记了。

姐姐。

我已失去孕育希望的土壤。再见了。

归根结底，我的死属于自然死亡。因为人是不可能仅凭思想就死亡的。

此外，我还有一个难以启齿的请求。母亲的遗物里有一件麻料夏衫，姐姐说明年夏天拿给直治穿而特意缝改过，对吧？就请把那件衣服也放进我的棺材里吧。我想穿上它。

七

天色已经亮了。长期以来，辛苦你了。

别了。

昨晚喝过的酒已彻底醒了。我很清醒，不是因喝醉而死的。

让我再说一次，别了。

姐姐。

我，是贵族。

八

梦。

大家都离我而去了。

直治死之后，我料理好后事，然后独自在山庄住了一个月。

我怀着澄净如水的心情，给那个人写了一封也许是最后的信。

好像您也已经把我抛弃了。不，是逐渐忘却了。

但我是幸福的。貌似我已如愿怀上了身孕。如今，虽然我觉得痛失了一切，但腹中的小小生命成了我孤独微笑的种子。

我再怎么也不会觉得，这是一次卑鄙而龌龊的失败。这个世上，为什么会存在着战争、和平、贸易、工会、政治等呢？关于这一点，这阵子我也算是有些开窍了。而您却懵然不知，对吧？所以，您永远都是不幸的。那就让我来告诉您吧，无非是为了让女人生下好孩子。

从一开始，我就没打算指望您的人格或责任心。问题的关键只在于，我孤注一掷的恋爱冒险是否能够成功。而现在，我已如愿以偿，内心就像森林中的沼泽一样安详宁静。

我认为，我胜利了。

玛利亚即便生下的不是丈夫的孩子，但只要她引以为豪，那他们就肯定是圣母和圣子。

我有一种满足感，为自己坦然忽视陈腐的道德，而得到了一个好孩子。

那之后，你依旧会“吉罗钦、吉罗钦”地和绅士们、姑娘们喝着酒，继续沉溺于颓废的生活吧。不过，我并不打算阻止你。或许那也算是您最后的斗争方式吧。

把酒戒了，赶快治好病，争取多活几年，干一番像样的事业——这种假惺惺的套话，我已经不想再说了。与其干一番“像样的事业”，不如抱着不惜一死的心情，坚持贯彻所谓的违背道德的生活，没准这样反而会受到后世人们的感激。

牺牲者。道德过渡期的牺牲者。不管您，还是我，都无一不是吧。

革命到底是在何处进行的呢？至少在我们周围，陈腐的道德依旧一成不变，阻挡着我们前进的方向。无论海面的波浪如何喧嚣，海底的海水都纹丝不动，静静地躺着佯装酣睡，哪里有一星半点革命的影子。

不过，在第一回合的战斗中，我自认为撬开了一丝陈旧道德的大门。这次，我打算与出生的孩子一起，再战第二回合和第三回合。

为所爱的人生下孩子，并把他抚养成人，这就是我道德革命的终极目标。

就算您忘了我，或者因酗酒而丢掉了性命，我也可以为完成我的革命而坚强地活下去。

尽管近来我从某人那里了解到了您人格的低下，但让我变得如此坚强的人，也恰恰是您。在我心中挂上彩虹的人，也是您。赋予我生存目标的人，也是您。

我以您为傲，也希望让生下的孩子以您为傲。

私生儿与母亲。

但我们已打定主意，要和陈腐的道德抗争到底，要像太阳一样活着。

也恳求您继续战斗下去。

革命尚未开始，还需要更多宝贵的生命做出令人扼腕叹息的牺牲。

八

在如今这个世界上，最美丽的莫过于牺牲者。

这不，已经有了一个小小的牺牲者。

上原先生。

我已经不打算再拜托您什么了，但为了这小小的牺牲者，请您答应我一件事。

那就是请让您夫人也抱抱这孩子，哪怕一次也好。到那时，请允许我这么说："这是直治让某个女人偷偷生下的孩子。"

至于为什么要这么做，我不能告诉任何人。不，其实就连我自己也不明白，为什么要那么做。不过，我无论如何都必须得请您允许我那么做。为了直治这个小小的牺牲者，我无论如何都必须得请您允许我这么做。

或许您会不高兴吧？可就算不高兴，也请您忍耐一下。就把这看作是被抛弃和忘记的女人所想出的唯一一个小小的恶作剧吧。请务必答应我。

此致

M.C My Comedian〈1〉

昭和二十二年〈2〉二月七日

〈1〉 英文，意为"我的喜剧演员"。M.C 是其首字母的缩写。

〈2〉 即 1947 年。

译后记：
《斜阳》的故事及其“破灭的美学”

我想写点东西。不，这将成为一部杰作。毋庸置疑，它将是旷世杰作。[1]

1946年11月12日，太宰治结束一年半的避难生活，携带家眷离开了位于青森县金木町的老家，即后来被人们称之为斜阳馆的大宅，经过两天多的长途跋涉，于11月14日回到了位于东京近郊的

〈1〉 野原一夫《回想 太宰治》(新潮社，1980年)。此处译文摘自太田治子著、吕灵芝译《向着光明 父亲太宰治与母亲太田静子》(新星出版社，2018年)，第109—110页。

三鹰家中。第二天，他便接受了刚加入新潮社不久的老友野原一夫的访问，而上述掷地有声的话语就出自这次交谈。

从这种太宰治式的夸张宣言中，不难感受他对这部计划中的小说所抱有的莫大期待和勃勃雄心。以至于五天后，当他出现在新潮社编辑部时，又再次踌躇满志地宣称道：

> 我要写一本杰作，旷世杰作。小说的大致构思已经完成了，我想写出日本的《樱桃园》。没落贵族的悲剧。连题目都想好了，就叫《斜阳》。〈1〉

而太宰治之所以一改他经常推崇的"含羞"态度，胆敢说出"旷世杰作"的大话，其中隐藏着日本战败后他在文学活动中的背水之势。

在疏散到津轻老家之前，他每月都定期接受着老家寄给他的九十日元生活费。但随着日本的战败，津轻老家作为当地首屈一指的大地主，因农地改革而走向了衰落，从而断绝了那笔生活费。这意味着，如果不发表一本"旷世杰作"，太宰治已很难维持一家人的生计。

值得一提的是，太宰治对这部未来的作品的自信还源于其正在

〈1〉 野原一夫《回想 太宰治》(新潮社，1980年)，第111页。

进行中的一场秘密恋爱。他预感到，那个被他俘获的名叫太田静子的女人在他鼓励下所撰写的日记，将给他带来丰沛的创作灵感。

不过，他真正读到太田静子的日记，则是在两个月之后的1947年1月。

> 我与你想法相同。
>
> 二月二十日左右将会登门拜访。我准备在你那边玩耍两三天，然后去伊豆长冈温泉小住两三周，开始创作从你日记中获得灵感的长篇。
>
> 我要写出最美的纪念小说。〈1〉

太宰治首次在书简中提到《斜阳》，乃是这封在1947年1月写给太田静子的信。从中可以得知，《斜阳》的灵感来自太田静子的日记，而太田静子之所以愿意把日记提供给太宰治，是因为“我想看见自己，在太宰的小说中，开出层叠的花瓣”〈2〉。

因此，从某种意义上说，《斜阳》乃是纪念他们之间这场蔑视道德的不伦之恋的“最美”小说。

但需要注意的是，关于《斜阳》的构思或许并非只是出自与太

〈1〉 见《太宰治全集·第11卷书简集》(筑摩书房，1958年)，第425页。

〈2〉 见《向着光明 父亲太宰治与母亲太田静子》，第141页。

田静子的恋爱，毋宁说在这之前，太宰治就有了某种模模糊糊的构想。比如，《斜阳》一词就见于作为太宰治疏散地的津轻老家隔扇上的汉诗中。而老家在战后的没落，也给太宰治带来了莫大的冲击。他甚至在给井伏鳟二的信中就写道，"我在金木的老家，如今已成了'樱桃园'"[1]，表现出对契诃夫描写俄国没落贵族生活的戏剧《樱桃园》的强烈共鸣。

日本学者柄谷行人甚至大胆地推测，"斜阳"这个题目是否有可能来源于《樱桃园》主人公安尼雅对母亲所说的台词中[2]：

> 樱桃园卖出去了，它已经不是我们的了，不错，这确实是真的；但是，用不着哭啊，妈妈，你的前面还有一大段没有走完的生命呢，你自己还有纯洁而可爱的灵魂……咱们另外再去种一座新的花园，种得比这一座还美丽。你会看得见它的，你会感觉到它有多么美的，而一种平静、深沉的喜悦，也会降临在你的心灵上的，就像夕阳斜照着黄昏一样。[3]

〈1〉 见《太宰治全集·第11卷书简集》，第358页。

〈2〉 柄谷行人《关于〈斜阳〉》，见于太宰治《斜阳》（新潮文库版，1950年），第180页。

〈3〉 此处译文摘自焦菊隐所译的契诃夫《樱桃园》。见《契诃夫戏剧全集》（上海译文出版社，2018年）。

“斜阳”，斜照着黄昏的夕阳，在太宰治眼里，成了“没落”与“破灭”的最好象征，并预示了太宰治试图表达的主题。而走向没落的俄罗斯贵族安尼雅与母亲这一组人物关系，也投影在了小说《斜阳》中的和子与母亲的人物关系上，甚至可以说，《樱桃园》作为一种潜文本始终贯穿在《斜阳》这部小说的底层。

因此，不妨做出这样的断言，太宰治从作为青森大地主的老家因农地改革而风雨飘摇的生活中听到了《樱桃园》的旋律，早就有了创作《斜阳》来作为其“挽歌”的念头，而在与太田静子的恋爱中，特别是在得到太田静子的日记后，那种念头则被赋予了更加具体的形象和细节。

而《斜阳》执笔过程中出现的一个状况也是值得关注的。

《斜阳》之子——即太宰治与太田静子的私生子——太田治子于1947年11月12日降生到这个世界上。由此推断，太宰治是在《斜阳》的写作过程中得知太田静子怀孕的消息的。在1946年10月从疏散地写给太田静子的信中，对太田静子“想要你的孩子”的请求，太宰治写道：“我就由你来决定好啦（包括孩子的事情）。”[1]这貌似说明，太宰治在回京之前已对将来的事情不无思想准备。

尽管如此，可一旦成为现实，太宰治还是不知所措。

在1947年4月2日写给田中英光的信中，就有如下一段文字：

〈1〉 见《太宰治全集·第11卷书简集》，第414页。

"我现在也是痛苦得想死(不小心和一个女人发生了很深的关系，眼下正穷途暮路，不知如何是好)。[1]"想必太宰治是这时候知道静子怀孕一事的，从中可以管窥到太宰治仓皇失措的心境。可以想象，静子怀孕一事在相当程度上影响到了《斜阳》的构思，特别是最后的结局。

由此看来，太宰治的实际生活与《斜阳》的写作形成了一种特殊的张力，成了《斜阳》所呈现的故事背后的故事。但如今要对两者如何交错的轨迹进行彻底地追踪或完全地还原，只能是一种不切实际的幻想，因为可以找到的线索也几乎仅限于太田静子的日记。

可是，被印刷成铅字并广泛流传的《斜阳日记》，其中也貌似不无从小说《斜阳》进行逆向虚构的元素。不妨认为，尽管《斜阳》的确是以太田静子的日记作为蓝本而创作的，但在人物设计和主题呈现上渗透着浓重的太宰色彩，有着太宰文学特有的光影。

正如"斜阳"这一题目所揭示的那样，《斜阳》乃是一曲没落的挽歌，其中对破灭的礼赞乃是贯穿整个太宰文学的重要主题。不过，这种破灭美学是通过主人公和子、和子的母亲、和子的弟弟直治以及和子的情人上原，共四个人物来分层体现的，因此，奥野健男把《斜阳》视为"四种破灭姿态的交响乐[2]"。所谓贵族，乃是缺乏生

〈1〉 见《太宰治全集·第11卷书简集》，第428页。
〈2〉 奥野健男《太宰治 人与文学》，
见太宰治《斜阳》(新潮文库版，1950年)，第175页。

活能力的美的崇拜者，在这一层意义上，直治和母亲都属于典型的“贵族”。母亲作为最后的贵妇人，完美地体现了“破灭之美”，即依靠放弃世俗的生活，做好死亡的思想准备，才得以从生存中获得自由，保持住了优雅的姿态；与此相对，弟弟直治之所以沉溺于鸦片和酒精中，是希望依靠不断加深的自我否定乃至自杀，来抗拒世间的虚荣和伪善；上原则借助无赖和颓废来弃绝世间的道德，并与自身的苦恼和人世的虚幻相抗争；与深陷苦恼的直治和上原不同，和子成了道德革命的先驱，蔑视既有的道德，决心生下所爱之人的孩子。显然，这四个人都不啻太宰治的分身，代表着太宰治的不同侧面，烘托出太宰治波澜万丈的内心纠葛。

颇为有趣的是，太宰治让直治以自杀来捍卫自己作为贵族的“自尊”，而把革命的希望和复活的意志全部交给了怀孕的和子。关于这一点，也许下面的推测不无道理，即有可能是现实中太田静子的怀孕改变了太宰治在四个破灭人物中对和子的设定，让《斜阳》最终不是以全盘毁灭而结束，反倒是让贵族的黄昏变成了革命者的黎明。当然，之所以把和子塑造成一个充满战斗力的人物，或许还因为太宰治对女性生命力有着一种近于信仰的笃定。比如，在《维庸之妻》《阿三》等后期作品中，女性成了远比男性强大的存在。太宰治不得不依靠女性这种存在所具有的现实性，来表达自己无法用逻辑把握的对生的欲求。

这种对女性生命力的信仰与太宰治小说中女性独白体的巧妙运

用恰好形成了有机的联系。比如，从《斜阳》和稍前创作的《维庸之妻》等女性独白体小说中可以看到，通过女性独白来袒露的女性内心更容易彰显女性原始的生命力，而从女性视点所看到的男性世界，也能对太宰治作为男性所身陷的所谓苦恼带来一种相对化的力量，让他有可能在女性圣母般的光辉中获得瞬间的救赎，并在破灭的黄昏中闪过一抹黎明的曙光。

不过，那种救赎和曙光无疑是转瞬即逝的，所以在大约半年后所创作的《人间失格》中，主人公叶藏作为直治和上原的集合体，在极尽颓废与自虐中彻底丧失了为人的资格。这次不是从女性的视角，而是从男性自身的视角淋漓尽致地追溯了自己“人间失格”的破灭过程。怪不得，人们把《斜阳》与《人间失格》并列为代表太宰破灭美学的“双壁”。

最后要说的是，小说《斜阳》是在太宰治声称要写出“旷世小说”的约半年后，即 1947 年 6 月完成的，从同年 7 月至 10 月连载于《新潮》杂志上，并于 12 月由新潮社出版了单行本。正如太宰治所期待的那样，这部作品甫一出版，即好评如潮，让太宰治这个异端作家一跃而成战后初期日本文坛的“宠儿”和流行作家，并催生了“斜阳族”这一风靡日本的流行语。在《群像》杂志 1955 年 9 月号所公布的“读者推选的战后优秀作品”投票结果中，《斜阳》赫然在列，位居第五，佐证了其在日本战后文坛上的金字塔地位。

正如奥野健男所说的那样，“太宰文学每年都在增加新的年轻读者。他们不是为了知识、教养或者娱乐而阅读，而毋宁说是采取了一种热烈而真挚的阅读方式，即作为自己人生的切实问题，很可能从根本上改变自己的人生观，并关系到自己生死的阅读方式。被这样阅读的作家，在日本文学中是极其罕见的。倘若没有太宰文学，那么，年轻读者对日本文学的接触方式将会截然不同吧。一度成为太宰文学的拥趸，那么，太宰治对于他而言，就化作了一种特别的存在"〈1〉。正是在这种意义上，不妨说，与《人间失格》一样，《斜阳》乃是具有广泛适用于现代世界的普遍性和共通性的"旷世杰作"。

〈1〉 奥野健男《太宰治 人与文学》，见于太宰治《斜阳》(新潮文库版，1950 年)，第 177 页。